C'est au fonds des Mers,

Que se cache les plus grands mystères.

ISBN : 978-2-9572870-1-7

Grégory GIROD

Seigneur de la Mer

Castelsarrasin, Occitanie

1

1872, la *Mary Céleste* fend le Vide, ce que les Terriens appellent l'Océan Atlantique est d'huile, pas une ride ne ternit le miroir de l'eau. Le ciel est d'un bleu d'azur, aucun nuage à l'horizon ne vient gâcher le tableau de cette matinée tranquille. Sur le pont, l'équipage vaque à ses occupations tandis que le Capitaine et sa famille se préparent à déjeuner sur le gaillard arrière. Benjamin Briggs a décidé de prendre le repas hors de la cabine principale afin que sa fille puisse prendre l'air, laissant le soin de la navigation à son Second Capitaine, il pense pouvoir disposer d'un bon moment de détente en famille.

Le Stewart Head commence alors tous juste à préparer la tablée, rien n'est pressé et il sait avoir un temps raisonnable pour agencer le repas, le capitaine admire la mer avec son épouse tandis que leur fille Sophia joue tranquillement. Disposant la table sur le pont le jeune homme remarqua que celle-ci tremble, puis finit par comprendre que cela vient du vaisseau, le Capitaine Briggs s'est penché sur le plat-bord avec un air surpris, abandonnant son travail l'homme s'approcha à son tour, rejoint par les autres membres d'équipage. De la poupe le Capitaine hurla soudain.

- Monsieur Richardson, mettez en panne !

5

Sur un geste du Second, les marins grimpèrent dans le gréement avec prestance, la voile fut rapidement carguée et ils descendirent tous aussi vite à l'aide de deux cordes, ils semblent effrayés et déclarèrent au Capitaine qui les a rejoints :

- La mer est en furie, Capitaine ! Elle semble bouillir !

- Allons ! Répliqua-t 'il en haussant les épaules.

Bien que surpris il s'adossa au bastingage et regarda plus loin, ils ont raison, sous la coque l'eau est comme folle, des lumières rapides traversent les fonds, des boules d'eaux crépitantes percent la surface sur de nombreux points. Ils ne peuvent le savoir mais sous la quille de l'élégant navire une terrible bataille fait rage.

Un lourd tremblement les fit perdre l'équilibre, tous regardèrent sur tribord ou une énorme vague se crée et enfin en quelques secondes, leurs yeux s'arrondirent. Trois mats percèrent le miroir avec fureur, s'élançant dans le vide tel trois doigts griffus, immédiatement suivis par le pont d'un sloop, le bâtiment donne de la gite sur tribord et de lourdes traces de combat raillent sa coque. Sur son pont fait d'un métal bleuté, ils aperçurent un curieux spectacle, des hommes, habillés d'étranges uniformes rouge sang sont couchés sur le sol, ils semblent suffoquer, tel des poissons hors de l'eau. Sur la *Mary Céleste* tous sont abasourdis, le Second apporta des longues vues afin de contrôler l'appartenance de ce navire et le Capitaine ne put contenir un cri de surprise.

- C'est incroyable, c'est l'*Housatonic* !

- C'est impossible, Monsieur, il a coulé voilà huit
  ans ! Intervenu un marin.

- Quel est ce pavillon ? Je ne le connais pas,
  coupa le Second.

Le Capitaine Briggs bloqua sa longue-vue sur le
grand-mat, il regarda attentivement le drapeau, un
pavillon rouge sang avec un Delta blanc. En effet, il ne
connait pas cet indicatif, quel est ce pays ? Ils sont
bien face à un navire de guerre, mais à quelle Marine
ce bâtiment appartient ?

Sous leurs yeux, l'*Housatonic* reste curieusement
amorphe, la majorité de sa coque reste immergé, de
leur côté ils peuvent voir le grand aviron bâbord
bloqué dans les airs, comme perdu dans une
immensité inconnue. Les Terriens ne peuvent le voir
mais de l'autre bord de la coque un trou large de deux
hommes perce le blindage léger du bâtiment, un obus
a touché le gyroscope et fait remonter le navire. Avec
surprise, l'équipage vit des hommes sortir du navire de
guerre, ils portent de curieuses combinaisons de cuir
avec d'anciens scaphandres sur la tête, ceux-ci,
comme ils purent le voir dans leurs lunettes, sont
remplit d'eau. Les soldats emmenèrent rapidement les
blessés à l'intérieur, certain ne bougent plus, avalés
par le vide.

Sous la coque du *Mary Celeste* plus rien ne bouge, la
bataille semble terminée, seul resta le sloop en détresse
qui se balance au grès des flots, de nombreux débris

remontent des profondeurs, bientôt des cargos viendraient les chercher afin de ne laisser aucunes traces de la présence du Peuple. De l'unique cheminée du bâtiment sortes curieusement des flots d'eau salé, l'équipage essaye sans doute de faire repartir le moteur. Lentement l'*Housatonic* se stabilisa, le pont fut de nouveau recouvert d'une fine couche d'eau, mais faisant cette manœuvre, ils purent apercevoir le voilier Terrien qui les regardent.

~ C'est bien l'*Housatonic,* le nom est gravé sur la coque, remarqua l'un des marins.

~ C'est impossible voyons, son épave bloque toujours la rivière.

~ C'est le premier navire à avoir été coulé par un sous-marin ? Intervient une voix féminine.

Tous se tournèrent avec surprise vers l'épouse du Capitaine qui approche avec sa fille sous le bras.

~ Il m'arrive de lire les nouvelles, mon cher.

~ Ils nous ont vu ! Indiqua avec force le Second.

De fait, sur le navire de guerre l'agitation règne, les marins ont remarqués le navire qui les admire, le Capitaine Briggs leva sa lunette et la pointa sur la passerelle, il eut un geste de surprise en constatant que celle-ci est également remplie d'eau, mais il recula carrément en voyant la silhouette qui se plaça devant les fenêtres, il porte un uniforme inconnu, tout de rouge et d'or, il devina avoir devant lui le Capitaine de l'*Housatonic.* Mais cela est le seul fait normal de cette personne, sa peau bleu foncé et écailleuse, ses mains palmées et son regard brillant le transie de peur. L'officier se tourna un moment vers un autre marin, ils semblent discuter, son curieux visage est marqué par la colère et la frustration, son regard se fit plus vif en étudiant la *Mary Celeste*, sa décision est prise.

Un frisson parcouru l'équipage Terrien, sur les flancs du navire inconnu les sabords sont déjà ouverts, l'un des canons apparue alors, une pièce de cent regarde de son unique œil la *Mary Celeste,* de mémoire marine lorsque le coup parti ce fut le premier, et unique, tir d'un canon aquatique au-dessus de la surface du miroir, le résultat fut un claquement puissant qui se répandit sur plusieurs miles, tandis que les Terriens essayent de comprendre la situation, l'obus traversa le vide, arrivé au-dessus du fragile voilier il explosa dans une boule de lumière.

Sur le pont, les terriens sont rassemblés en un groupe compact, lorsque la chaleur de l'implosion les toucha ils ne purent que lever les bras en guise de protection, en quelques secondes il ne resta plus rien de l'équipage de la *Mary Celeste,* ils n'ont même pas eu le temps de pousser un cri, ils furent totalement dissous par la puissante chaleur dégagée par l'obus. Sur l'*Housatonic* une chaloupe fut débarquée, des marins en tenu de protection montèrent à bord du voilier et saisirent les documents de bords et les instruments, piétinant les cendres de l'équipage que le vent commence à répandre sur les flots et les débris du compas, autre victime du secret absolu de notre existence. Rendu sur leur bâtiment, les Atlantes firent

lentement descendre le sloop dans les profondeurs
marines qu'il n'aurait jamais dû quitter.

2

Ce fut là l'une des quatre Rencontres entre Ceux-d'en-haut et le Peuple de la Mer, durant des millénaires d'ignorance commune nous ne nous virent donc qu'en quatre occasions, connues du moins. Pour les Peuples, la Règle Absolue est très claire, sans oublier qu'elle est universelle, tous les royaumes marins la respectent, ne jamais, JAMAIS, entrer en contact avec les Terriens, de près ou de loin. La seule sentence est la mort, le Capitaine de l'*Housatonic* fut dégradé et envoyé dans un aquanef attaquer un puissant bâtiment ennemi, seul moyen pour les Amirautés de sauver leur honneur perdu, il n'en revint jamais.

L'ironie étant que la première occurrence fut du fait du Peuple marin, dans un temps extrêmement lointain, le Seigneur de la Mer Méréen décida de prendre le contrôle des eaux, il voulait faire payer tribus aux Terriens passant sur son territoire. Bien entendu Ceux-d'en-haut ne furent pas d'accord, leurs troupes s'organisèrent rapidement en une flotte, aidé par des alliés venus d'autres contrées, ils attaquèrent nos navires. Ces Terriens qui priaient d'étranges gros animaux à cornes et des oiseaux donnèrent à cette occasion le nom de notre race, le Peuple de la Mer. Pourtant cette guerre que nous appelons la guerre de la Surface ne fut qu'une suite d'escarmouches, il faut dire ici que tant les Terriens ne peuvent descendre dans nos eaux, tant nous sommes incapables de survivre dans le Vide, aussi le Seigneur de la Mer décida la fin des combats, laissant les Marcheurs passer librement sur son domaine et surtout nous oublier.

A la fin de ce conflit surprenant, les souverains marins décidèrent d'un commun accord de ne plus jamais approcher les Terriens, la Règle Absolue venait de naitre. La seconde Rencontre ne fut pas du fait des Marines du Peuple, ce fut une des histoires les plus dérangeantes que durent traiter les Flottes, des pirates, arborant le pavillon noir et déclarés libres, se rebêlèrent contre l'ordre établis. Durant des années le *Hollandais Volant* sillonnât les mers et frappât les navires Terriens, les envoyant par le fonds avant de les vider de leurs marchandises. Usant de leurs capacités sous-marines, ils attaquaient par surprise, sans que les ennemies ne pussent comprendre ou répliquer, la légende raconte que leur Capitaine avait crée une ingénieuse machine à vapeur qui entourait le navire Terrien afin de les effrayer, puis sortant de l'eau à pleine vitesse ils canonnaient la cible et disparaissaient le temps que celui-ci coule. Pour les Terriens, ce devait être une histoire des plus effrayante et l'idée d'un navire fantôme courus plus vite qu'un homard en danger.

Pour les Amirautés, la piraterie sous cette forme était synonyme d'un grave danger, les Terriens risquaient de vouloir enquêter et au final de découvrir le monde aquatique et sa réalité. Cela était impossible et totalement indésirable, pour la première fois depuis des siècles de conflits, les flottes Méréennes et Atlantes décidèrent d'œuvrer de concert. Une chasse de grande ampleur débuta, ratissant le monde marin, réduisant leur traqué aux terrains des méfaits habituels du *Hollandais Volant*, ils finirent par le débusquer et une intense courses débuta. On peut dire ce que l'ont veut de cette histoire, mais ce navire était formidable, bien que massif la nef avait une bonne vitesse, son Capitaine, resté inconnu, était un génie et avait fait de son navire une merveille, mais traqué par deux escadres de guerre, il n'avait aucune chance. Le pirate se retrouva entre les deux escadres, toutes pièces dehors, en réalité les Amiraux des deux bords escomptaient bien abimer l'escadre en face en même temps que le navire pirate, on ne se refait pas !

Ce fut une boucherie, une fois le *Hollandais Volant* réduit à jamais au silence, les deux escadres s'engagèrent, la trêve fut de courte durée et une bataille sanglante débuta ou chaque royaume se déclara vainqueur. Quoi qu'il en soit les Terriens ne virent plus le pirate et oublièrent cette histoire, enfin il me semble. Pour notre Peuple se fut terminé, la guerre pouvait reprendre dans la joie et la bonne humeur. La dernière occurrence est récente, elle remonte à quelques années et me concerne directement, je préfère ne pas en parler car elle est mon histoire, mon fardeau et ma honte, car le fautif était mon propre père.

Pour l'Amirauté, l'histoire de notre Peuple se résume aux grandes victoires et quelques histoires fantasques, en réalité les autres royaumes disposent de la même politique éducative. Personne ne sait d'où nous venons, ni même quand nous furent les hôtes volontaires des immensités marines, une chose est sûre, nous avons le même lointain passé que les

Terriens. Outre nos corps qui s'adaptèrent à notre environnement nous avons, manifestement, des origines communes avec Ceux-d'en-haut. Au même titre que les baleines, nos ancêtres décidèrent de retourner dans les eaux du monde entier, colonisant au fur et à mesure les fonds marins, s'adaptant aux apports naturels que leur procurait l'espace maritime. Les quelques, et très rares, érudits qui travaillent sur nos origines ont bien des pistes fascinantes mais les Universités ne sont pas une priorité de nos gouvernements de guerre, même chose pour les chercheurs étudiant les Terriens, la Règle limitant encore plus avant leur possibilité, je suis bien placé pour le savoir.

Au fil des siècles, les marins se divisèrent en cinq Peuples, les Cinq Royaumes de la Mer, grâces aux technologies des Anciens Savants nous purent créer la Duplication, nous permettant de copier les innovations et modèles des Terriens. Chaque fois qu'un navire coule nous utilisons sa structure pour en reproduire une copie parfaite et ainsi disposer d'une flotte modernisée, encore faut-il que le bâtiment sombre au bon endroit, le territoire ou disparait le navire indique sa future flotte. De nos jours les frontières restent flous, nous parlons plus de ligne de front, hors les cœurs des royaumes, elles bougent assez souvent. Le premier royaume marin fut celui de Mérée, on l'appelle aussi le royaume du centre car il est placé au centre du monde connu, ce que les Terriens appellent, je crois, la mer méditerranée, en plus de la colonie des Canaries, qui accueillit peut-être les Anciens Savants, et le fin territoire qui l'entoure jusque le Detroit, ce royaume s'etend vers le sud sur le chemin de la mer dite Indienne et bien-sûr au nord la mer fermée. Le second royaume est celui des Atlantes, il couvre l'essentiel de la surface de l'Atlantique, du monde austral au nord, aux terres glacées du sud, sur sa frontière est, il rencontre, avec violence, le royaume Méréen qu'il voudrait bien voir retourner dans son seul domaine d'origine.

Le sud de l'océan glacé, sous la Pointe et autour de la Grande Ile et sa sœur, se trouve le royaume Maori, du nom d'un très ancien Peuple dont ils sont issus, leur domaine s'étant sur les nombreuses îles de cette partie du monde, jusqu'à la Grande Barrière. Ils sont en ces lieux en conflit avec leur voisin du nord, l'Empire du Dragon, qui lui se réserve le nord de ce que les Marcheurs appellent l'Océan Pacifique, ils rencontrent le royaume Atlante au plus haut du globe. Enfin, le royaume du Nord couvre les domaines de ses ancêtres Vikings, la hanse, la mer du nord et celle à l'ouest du continent.

A pars le royaume Maori, qui utilise un curieux système de tribu et ou le souverain est choisi parmi les chefs à chaque décès, les royaumes des Peuples marins ont le même fonctionnement militaire. A l'origine des temps, les Seigneurs de la Mer avaient les pleins pouvoirs, désignant les officiers et régnant librement, mais l'ascension du système militaire balaya cet état de fait, le Seigneur de la Mer reste le souverain du Peuple, mais les grandes décisions sont prises par l'Amirauté. Dix Amiraux, sous l'autorité du Grand-Amiral régissent les affaires du royaume, de nos jours tout passe par la Marine, c'est la base même de l'Etat.

Les Amiraux sont secondés par un nombre variable de Vice-amiraux, qui servent de cadre aux pays, avec sous leurs ordres les Kommodores, gouverneurs de bases, de villes ou de domaines précis. La Marine assure le fonctionnement de la quasi-totalité de l'Etat, des uniformes de partout, pour tout jeune marin une carrière dans l'armée est la meilleure option.

Ainsi, le rêve de tout officier au sortir de l'Académie est de devenir un jour Capitaine de Navire de guerre, respecté et adulé par le peuple, meilleur chemin pour l'Amirauté. Le système est basé sur le talent, plus un officier est bon, plus vite il monte en grade et en responsabilité selon un système de notation, mais les places aux commandes d'un cuirassé ou mieux encore d'un porte-aquanefs sont rares. Sinon il reste le cursus d'expérience, un Enseigne de vaisseau passera au grade supérieur de Second-Lieutenant au bout de cinq ans de service, au-delà il faut attendre dix années pour monter d'un grade, certains officiers ne sentant pas leur moment venu ou préférant rester à leur grade peuvent refuser la promotion.

3

Durant des siècles, le royaume de Mérée à régné sur les océans, il faut dire qu'outre les Orientaux nous étions les seuls à disposer d'une Flotte, après la guerre de la Surface, Ceux-d'en-haut apprirent de nouvelles règles de construction maritime, que le royaume put dupliquer lors des nombreux naufrages de ce qu'ils appellent des galères, grâces à cet atout stratégique mon Peuple se dirigea vers les autres étendus océaniques. Colonisant les alentours de la Pointe puis le petit océan jusqu'à la Grande îles d'un coté et la vaste dimension de l'Atlantique de l'autre, l'Empire Méréen se forgea sur les Peuples existant, le Seigneur de la Mer leur demandant tribut et personnel pour nourrir son expansion, ce fut l'âge d'or de Mérée.

Bien-sûr, cela signifie que nos troupes occupèrent les colonies, prenant en main le pouvoir local et les richesses de ces Peuples, il faut dire ici que ce ne fut pas dans la douceur, nous fumes des tyrans par bien des égards, mais bien entendu l'Amirauté ne voit pas les choses dans ce sens. Cette domination dura de nombreuses années, puis un jour ce fut la guerre. Les Atlantes avaient découvert une mine de vaisseaux, des navires plus modernes que les vieilles galères du royaume. Apparemment les Terriens avaient changé d'intérêts maritimes, les routes commerciales avaient changées et les lieux de batailles navales aussi. Des dizaines de vaisseaux, plus lourds et puissant que les navires bas de Mérée, des nefs, avaient coulés lors

17

d'une vaste opération, personne ne sait ce qu'il s'était passé là-haut mais le Peuple opprimé de l'Atlantique pris les armes. Leurs bâtiments avaient également un atout non négligeable, les premiers canons aquatiques. Si les galères étaient plus vives et disposait d'un large éperon, elles n'avaient qu'une faible puissance de feu.

Rapidement, la Flotte Atlante se forgea, repoussant les occupants du Centre, reprenant leur domaine, la Flotte Méréenne avait de grandes quantités de galères et de bons officiers, mais la puissance des nouveaux navires balaya l'Empire. Cela s'appelle le Premier Changement, c'est à cette époque que les ingénieurs créèrent la forteresse du Détroit qui bloque le passage dans la Méditerranées, protégeant le cœur du royaume. Depuis cette date nos royaumes sont en guerre, les Atlantes ne se limitèrent pas à reprendre leurs eaux, ils décidèrent de profiter de leur puissance pour étendre leur influence sur les royaumes voisins, à commencer par les Nordiques qui résistèrent avec leur propre, et puissante, Flotte de drakkar puis de nefs de la Hanse. A l'orient, les Orientaux résistèrent avec leurs cogues tandis que les Maoris devaient laisser leur domaine se réduire.

Le temps passant, les Flottes se modernisèrent, de nouveaux bâtiments apparurent, les belles frégates fendirent les eaux, avec de plus en plus de canons, de plus en plus massive aussi. Le royaume résista et remit sa propre Marine à jour, nous pouvions désormais résister avec pourtant moins de vaisseaux, notre domaine se réduisait à la Méditerranée et une portion congrue à la colonie canarienne, le Passage vers la Petite mer jusqu'à la petite pointe du Continent. Mais cela n'était que le début, Ceux d'en haut devaient se déchirer, les eaux se remplirent de nouveaux navires, en métal, bardés de plus puissants canons, les cuirassés venaient de faire leur entrée dans nos Flottes. Les Terriens avaient engagé une grande bataille dans le nord de l'Atlantique, des dizaines d'énormes bâtiments de guerre vinrent grossir la Flotte Atlante, lui donnant un avantage sans limite sur les autres royaumes, prenant de vitesse la Flotte Baltique en bloquant le passage, ce n'est pas moins de dix croiseurs, un cuirassé moderne et une douzaine de destroyer qui finirent dupliqués par les Atlantes.

Ce fut une période difficile pour le monde aquatique, les Atlantes utilisèrent leur puissance navale pour dominer plus durement encore les océans, grâces à notre forteresse du Détroit et celle du Passage nous purent tenir face aux troupes Atlantes, mais d'autres n'eurent pas cette chance, les Maoris, les Baltiques durent subir une occupation difficile et brutale qui donnait à nos siècles de présence une image douce et attrayante. Durant trente années, le royaume Atlante gouverna les trois quarts du monde, mais les Terriens nous apportèrent malgré eux une solution, en haut le monde se déchirait de nouveau, il faut croire que c'est dans leur nature. Cette période de notre histoire est dénommée le Grand Changement, toutes les Flottes se modernisèrent brutalement, des dizaines de bâtiments modernes et de plus en plus puissant apparurent sous les eaux, désormais armés et prêt à en découdre les royaumes se libérèrent de la menace Atlante, repoussant sa Marine. Les Maoris devinrent à cette occasion des as du pilotage, avec pas moins de quatre porte-aquanefs, allié avec la Flotte Dragon, ils reprirent le contrôle du grand océan, repoussant les occupants au-delà de la Grande Barrière, de même la Flotte du Nord gagna en puissance et put reprendre ses eaux,, aidé par notre Flotte largement modernisée, par un gros apport de nouveaux navires détruits dans un port Terrien.

Depuis ce temps-là, notre monde reste statique, notre Flotte a repris la colonie canarienne et ses alentours mais la ligne de front n'est pas très éloignée, nous avons aussi une tête de pont qui nous permet de toucher les eaux du royaume du Nord, mais la Marine Atlante veille à détruire ce lien, tout en restant prudent car nous avons de quoi répondre. Au sud, nous avons pu avancer dans le Petit Océan et gardons une bonne portion du territoire au prix de nombreuses unités sur place, bien entendu les Atlantes ne sont pas loin, ils passent par le sud de la Pointe, ce grand continent qui coupe le bas de nos planisphères. Aujourd'hui chacun essai de garder ses frontières et grignoter celle des autres.

Quintus poussa un soupir, de fines bulles s'échappèrent de son souffle qui s'évaporèrent au grès du courant, avachi sur son pupitre, il écrit l'histoire des Flottes du monde marin. Evidemment, il sait bien que ce texte ne paraitra jamais, pas sous son nom en tout cas, de plus l'Amiral chargé de la Culture est l'un des plus vif opposant de son père. Dans son uniforme bleu azur de la Flotte Méréenne, il n'a rien d'exceptionnel, longiligne, brun avec une peau vert clair, des yeux bleu pale, il n'est ni extrêmement musclé, ni même un génie, tout le contraire de son cher frère, ou plutôt demi-frère, comme il sait si bien le faire remarquer dès qu'ils sont ensemble à qui veut l'entendre et au-delà. Même sa carrière est décevante, surtout pour son beau-père, en fait, à presque vingt-cinq ans il n'est que Second-Lieutenant.

Entré à quinze ans, sur l'ordre de son beau-père, qui ne voulait pas qu'il suive les traces de son paternel, à l'Académie de marine, il n'avait eu qu'une scolarité hasardeuse qui ne lui permit pas de sortir des rangs, il faut dire que ses compétences martiales ne sautent pas aux yeux. Nul en artillerie, bien qu'ayant un bon sens du calcul, mais une visée désastreuse, aucunes qualités au combat, pas d'autorité naturelle, le pilotage n'est pas son fort, ni à la barre, et encore moins aux commandes d'un aquanef, les machineries n'avaient aucunes attractions sur lui et avait même réussi à détruire celle du navire-école. Ses seules qualités étant un parfait sens de l'orientation et de très bonnes connaissances en géographie et histoire navale, une organisation passable et malgré tout un sens du devoir avancé.

Au sortir de l'Académie, il fut promu Enseigne de vaisseau et envoyé au sein du Corp des Intendants, chargé de la logistique, des approvisionnements en munitions, équipements et nourritures, le service le moins recherché de toute la Flotte. Là sous les moqueries de son cher frère, qui venait d'être promus Lieutenant, il débuta une carrière passive ou il changeât d'affectation régulièrement selon les humeurs de ses supérieurs et les besoins. Passé les cinq années de service minimum, il reçut son uniforme de Second-Lieutenant avec sa perle unique et sa dernière affectation, la pire du service. Depuis deux ans donc, il a la charge du croiseur *Primauguet*, un vieux croiseur lourd qui sert à approvisionner la colonie canarienne, des dizaines de voyages d'un ennui insondable.

Normalement, c'est un Capitaine qui devrait commander ce navire, ou au minimum un Premier-Lieutenant, mais personne n'est disponible ou même intéressé, le *Primauguet* n'ayant rien d'attrayant et la mission encore moins, aucun officier ne veut laisser sa carrière dans ce trajet. Quintus étant là au mauvais moment, sans oublier que le Kommodore de la base ne l'aime pas, il reçut le commandement de ce navire avec un équipage réduit et disons le plutôt spécial. Aussi en ce jour notre marin s'ennui, avachi sur son siège de pilotage, il regarde d'un air absent le triste paysage. Derrière lui deux Enseignes de vaisseau lui servent de pilote et d'officier artilleur, aucun des deux ne le respecte, tant pour sa carrière désastreuse que pour son histoire.

Engoncé dans son uniforme bleu azur, il arbore sur le devant de son épaule droite une demi-perle, le grade de Second-Lieutenant, sur le haut de son épaule gauche est présent le trident du royaume Méréen, le bout de ses manches présentent un entrelacs brodé d'algues dorées, enfin sur son col haut est présent d'un côté un badge d'or représentant un conteneur, symbole du Corp des Intendants, et de l'autre le nom encadré du navire. Enfin sur son torse à gauche, autour du trident, un cercle d'or indique son nom et prénom, Quintus Far.

Un bruit le sorti de ses pensées, le Premier-Lieutenant Géraud Ilit vient d'entrer, sur son uniforme on peut voir deux perles, son col présente quant à lui une hélice à trois pales, l'indiquant comme un ingénieur, et rien car il n'a pas d'affectation pour le moment. Le Premier-Lieutenant Ilit a pris le *Primauguet* pour se rendre à la colonie des Canaries et s'est proclamé Officier en second pour l'occasion après avoir refusé le commandement.

4

Curieux personnage que cet homme, avec son expérience et sa longévité il devrait être au moins Kommodore, mais outre son caractère difficile et très brut, il a pour antienne de rester sur le terrain, selon lui un ingénieur n'a rien à faire hors d'une salle des machines, il a donc refusé toutes les promotions proposées au fil des années. D'un âge avancé, au moins la cinquantaine, il présente une chevelure brun foncé mi- courte avec une grosse barbe bouclée du même teint, le fait le plus marquant de son visage étant sa paire de lunette ronde au-dessus de laquelle il regarde constamment, son regard d'un mat foncé arbore une intelligence vive et remarquable, hors cela il est assez grand avec un corps sec et fin.

Quintus l'apprécie, au moins il ne le regarde pas comme un raté ou une erreur, il a même une certaine influence paternelle sur lui, aussi s'est-il redressé lors de son entrée, c'est ridicule tout de même, cela fait des années que l'avis d'un père n'a pour lui aucune importance. Son beau-père, le Vice-Amiral Gildas Oms a bien essayé de le guider, mais ses espoirs ont rapidement été déçu. Quintus n'a jamais respecté qu'un seul avis après son père, celui de sa mère. Ada Far était un génie de l'ingénierie, Ingénieur en chef du royaume, elle avait reçu le grade de Kommodore avec pour charge de mettre au point les technologies du futur. Déjà inventrice de nouveaux moteurs révolutionnaires, elle avait à son actif de nombreuses Duplications parfaites, son talent était si précieux

25

qu'elle était la seule officier à être escorté en permanence par des soldats de la Garde royale, sur ordre direct du Seigneur de la Mer. Pourtant, il y a presque dix ans, alors qu'elle œuvrait sur une mission classée Top Secret, elle disparue subitement, la seule information disponible étant qu'elle se trouvait en Atlantique, près de la ligne de front mais qu'elle n'avait pas été capturée. Le secret était tel que même Gildas, malgré son influence et ses nombreux contacts n'avait pu obtenir des informations, fou de douleur, il avait même mis sa précieuse carrière en péril en demandant sa nomination sur la base d'où était partie son épouse, il était alors Kommodore d'une base du Détroit et aurait perdu en statut sur une telle mission. Cette affaire fut d'une grande importance, on le voyait déjà comme un futur Amiral, il fit tant de vagues que le Grand-Amiral en personne le convoqua, quelques jours après cet entretien, ou rien de filtra, Gildas était promu Vice-Amiral et envoyé gouverner la région du Passage, à l'autre bout du royaume.

Quintus, qui ne le vit que le temps d'apprendre son envoi à l'Académie de Marine, section école des Officiers, n'avait pas eu plus de renseignement, il lui avait simplement dit avec tristesse que cette affaire était close. Même son frère n'avait pu avoir plus de réponse, bien que s'entêtant durant des années, et aujourd'hui encore. Son frère, ou plutôt demi-frère, restait depuis ce temps-là au plus loin de lui, Théodore Oms est un as de la Flotte, pilote d'aquanef de talent, Lieutenant, récemment promus chef d'escadrille sur le porte-aquanefs *Ark Royal*, il est l'un des marins les plus connu du royaume à qui l'on prévoit un grand

avenir, des dizaines de fans rêvent de lui parait-il,
Quintus sait que cela est peine perdu, deux seules
choses au monde passionnent Théodore, sa carrière et
son homme. Aussi pas question qu'on le voit avec un
raté comme Quintus, et encore moins qu'on ne le relit
à son maudit père.

En théorie, le nom de son père ne doit plus être
prononcé, il y a quinze années, il a commis le plus
grand sacrilège du Peuple de la Mer, ne pas respecter
la Règle Absolue, il a pris contact avec les Terriens. Pas
directement, il est vrai, il ne les a jamais rencontrés,
juste observés mais cela suffit à le condamner. Denis
Far était un historien, passionné par les origines de
notre monde et malheureusement par celles des
Terriens, il voulait absolument résoudre la question de
notre parentalité historique, ses travaux étaient
reconnus dans le royaume et même dans le monde
entier. Pourtant les Amirautés ont d'autres priorités
que l'histoire et surtout Ceux-d'en-haut, l'Académie
des Sciences qui couvrait ses recherches disposait d'un
budget réduit au minimum et l'Amiral chargé de la
Culture n'a jamais été important.

Alors qu'il avançait sur ses recherches, il venait de
trouver un mystérieux site de fouille ou il pensait
trouver quelques réponses sur nos origines. De son
coté, sa chère épouse avait quelques difficultés, les
épaves récupérées par les Peuples sont en mauvais
état, elles ont subi les attaques et autres aléas d'un
naufrage, sans compter que depuis plusieurs années
les sources se tarissent, les Terriens semblent se calmer
sur la violence et les guerres doivent être terminées,
plus d'épaves de navires de guerre n'arrivaient grossir

nos flottes. Ada était bloquée sur son projet de moteur et les rénovations des bâtiments existant devenait un problème, il avait pour la relancer eut idée de partir sur les ruines des Anciens Savants et de lui donner de nouvelles pistes. En réalité, il avait pour projet de monter à la surface, il voulait voir les navires dans leur univers réels, ainsi Ada pourrait s'en inspirer et lui pourrait observer les Terriens dans leurs espaces.

Louant un aquanef civil, il partit donc sur la cote du Continent, près de ce que Ceux-d'en-haut appellent Brest, là il resta à observer les Terriens, prenant des photos de ces gigantesques navires, notant les particularités de chaque bâtiment. Aucun Terrien ne le vit avec son système de camouflage, celui utilisé par les chercheurs marins pour suivre les baleines, il s'était placé en retrait et ramenait de nombreuses pistes pour son épouse. Malheureusement, ces faits et gestes étaient suivi, l'importance de son épouse le suivant en permanence, les services de renseignements de la Marine avait remonté sa piste, notant la location d'un navire inhabituel, ils avaient intercepté ses communications et l'avait arrêté à son retour. Ce fut l'une des pires épreuves du jeune Quintus. Pas assez âgé pour comprendre, mais suffisamment pour subir, son nom devint alors un poids à porter, une marque dans le dos. Son père avait été condamné à mort lors d'un procès rapide organisé par l'Amirauté, envoyé au front dans un aquanef branlant, il disparu en laissant son fils dans une tourmente qui ne finira jamais.

Il faudra des années pour que sa mère revienne à une vie normale, bien qu'ayant défendu son mari bec et ongles, menaçant même de ne plus jamais créer quoi que ce soit pour les Amiraux, elle du se rendre à la raison. Pourtant elle ne changea jamais de nom, même après avoir rencontré Gildas, elle refusa de se marier pour le garder. Son fils dû changer de quartier, ils quittèrent le cossus appartement de la capitale pour une petite ville de campagne. Sa brutale disparition fut un coup supplémentaire pour le jeune homme, abandonné dans une Académie qui ne lui ressemble pas, il eut du mal à s'adapter, seul le temps effaça ses doutes et en ce jour il reste perdu tant moralement que physiquement.

- J'ai un écho, déclara avec tranchant l'Enseigne chargé des communications.

- Surement des baleines, répondit Quintus absent, soudainement sorti de ses tristes souvenirs.

Son équipage ne le respecte pas, ils sont tous ici sous la contrainte, envoyé sur ce bâtiment sans aucune chance de promotion, d'autant plus que Quintus ne cherche pas les problèmes. Durant les deux années de service sur le *Primauguet*, ils n'avaient eu que deux événements, le premier étant la rencontre de deux destroyers Atlantes, les ennemies avaient pénétrés le territoire du royaume, passant les postes avancés en les contournant, l'équipage était tout excité, se préparant au combat. Bien-sûr le croiseur reste imposant et apte à couler ces navires, mais Quintus, qui ne voyait aucun honneur dans ce combat, n'avait donné qu'un seul ordre, très mal pris, retraite. Bien après cet épisode, ils croisèrent un groupe de baleines en migration, mais dans le lot apparu quelque chose de bien plus attrayant pour le Second-Lieutenant, au grand effrois de ses deux Enseignes, un tube Terrien, ce qu'ils appellent sous-marin, Quintus ordonna qu'on le suive, depuis des années les marins regardaient ces navires avec horreur et curiosité, pour eux ces objets ne servent à rien, pourquoi les Terriens veulent entrer dans leurs eaux, ils comprennent l'utilité de ces navires contre les bâtiments de surfaces, mais ils craignent d'être découvert.

Bien entendu, le métal aquatique ne répond pas à leurs sonars et autres moyens de recherche, sans oublier qu'eux peuvent les voir, ces navires sont fermés là où le verre aquatique résiste à la pression sous-marine. Quintus avait suivi le navire durant de longue minutes, l'un des Enseigne lui indiqua avec violence que le Kommodore Krump attendait sa cargaison, aussi il quitta les lieux avec regret et couvert par les regards lourds de son équipage qui ne voulait pas subir le sort de son père.

Hors cela, les trajets sont d'un ennui pénétrant, il y a bien des aperçus de navires ennemis mais ils n'engagent pas le croiseur, totalement sans importance, il transporte la plupart du temps du matériel. Installé sur la passerelle, Quintus attend que le temps passe, en écrivant notamment, refusant d'occuper le poste du Capitaine, il reste à la place du navigateur juste devant. Les passerelles marines sont différentes de celles des navires d'en haut, au centre se trouve le poste du Capitaine, surélevé afin qu'il puisse voir les autres postes autour de lui, encadré par les écrans lui donnant les principaux renseignements sur le navire. Il trouve à sa droite l'officier artilleur, à sa gauche l'ingénieur en chef, enfin devant lui le poste du navigateur et officier communication. Autour de cet ensemble circule un passage donnant à son centre sur la barre ou se tient le pilote.

Sur le *Primauguet*, l'équipage est réduit, aussi Quintus ne dispose que d'un officier artilleur et d'un ingénieur qui sert aussi à la communication. A la barre se trouve aujourd'hui un Premier-Maitre, pioché au hasard dans le maigre équipage.

> – Non, c'est un navire … Monsieur, ajouta t'il sous le regard lourd du Premier-Lieutenant Ilit.

Avec un soupir Quintus regarda son écran, il y a bien une silhouette, prenant les jumelles, il regarda dans cette direction, il eut alors un sursaut en reconnaissant le navire apparaissant au détour d'une masse rocheuse.

> – C'est le croiseur *Algérie* !

L'*Algérie* est l'un des plus puissants croiseurs de la Flotte, mais surtout sa présence est illogique, tout comme l'absence de balise, attaché à la Première Escadre, il devrait se trouver en Méditerranée et non ici, presque au milieu de l'Atlantique. A ses mots Géraud Ilit avait eu un sursaut de surprise, étonnant vu son manque de réaction démontré jusque-ici.

- Il n'a rien à faire ici ! Murmura t'il.

Le vaisseau avance lentement, sous petite bulles, a une profondeur assez élevée, en cela il veut être discret, Quintus regarde avec suspicion le magnifique bâtiment aux lignes bien dessinée. Avec ses cent-quatre-vingt-cinq mètres de long, sa masse de quatorze mille tonnes et ses quatre tourelles de deux-cent-trois, ce navire porte beau, son Capitaine est d'ailleurs aussi célèbre que ceux des cuirassés et porte-aquanefs de la Flotte, à son mat flotte avec paresse le pavillon Méréen, un trident noir sur fond bleu azur. Il remarqua l'inquiétude du Premier-Lieutenant, il cache aussi quelque chose.

- J'ai un autre écho, sur tribord, s'exclama l'Enseigne puis ajouta sous le regard de Quintus, Monsieur.

- Son escorte ? Déclara Quintus.

- Non, c'est beaucoup plus gros et je ne reconnais pas sa balise.

Imitant Géraud, il prit les jumelles, cherchant le nouvel arrivant.

- Par le Dieu de la mer !

- Non ! C'est impossible, déclara Géraud avec stupeur.

Deux-cent-cinquante mètres de long, cinquante mille tonnes de métal lourdement blindé, ses quatre tourelles de trois-cent-vingt millimètres sont dévoilées et prêtes au combat, l'étendard rouge au Delta blanc vole au courant avec violence, marchant aux demis de sa vitesse il court vers le croiseur Méréen. Le *Bismarck*, le plus puissant cuirassé de la Flotte Atlante apparait rapidement dans l'obscurité marine, il semble ne voir que le croiseur et dans une détonation sourde ouvre le feu sur celui-ci. Les obus de plus d'une tonne traverse l'espace entre les deux navires, les deux premiers de la tourelle avant détruisirent un pan de la colline derrière l'*Algérie* mais les deux autres touchèrent le croiseur à la poupe, sous le choc le navire recula, des éclats de métal accompagné de zébrure électrique apparurent dans son sillage.

Sur le *Primauguet* tous se turent de stupeur, Quintus réfléchit à la situation, Géraud est même totalement tétanisé, quand soudain un message radio en morse traversa la passerelle, au grand étonnement de l'équipage le Premier-Lieutenant le traduisit directement.

- SOS à tous les postes, *Algério* en danger, petit rorqual à bord.

Suivit de sa position, finissant la phrase, Géraud a blêmit, quand Quintus compris enfin le message, le code n'est pas très fin, il s'exclama :

- Non ! Le Dauphin est à bord !

- Que fait le prince héritier ici ? Sur un croiseur ? Intervint un des Enseignes.

- Quelle importance ! Il faut agir ! Hurla le second.

Quintus est plongé dans ses pensées, il revit ses mois de recherches sur les navires, contrairement aux autres et en bon futur historien, il avait consulté les rapports de Duplication de tous les navires en service, il veut connaitre l'histoire primitive des bâtiments avant leur Duplication. Le *Bismarck*, quel sont ses faiblesses ? Calculant ses chances, il reprit vie et hurla.

- A la barre, en avant toute, placez-vous en parallèle, ils ne doivent voir que nous !

- Artilleur, je veux un tir continu sur leur passerelle, tir par salves avec tous les postes.

- Mais, nos obus ne perceront jamais leur blindage, indiqua avec froideur l'Enseigne.

Pour une fois Quintus en eu assez, s'ils ne le respectent pas, qu'ils respectent au moins son grade, se levant avec fureur il montra du doigt l'homme aux tirs.

- Je vous ai donné un ordre Enseigne ! Feu à
  volonté.

Percuté par sa colère, l'Enseigne de vaisseau fut
stupéfait, puis avec empressement il indiqua en
tripotant ses mannettes.

- Oui, Monsieur !

- Dès que possible je veux que l'artillerie
  secondaire fasse de même, aux postes de
  combat, alerte rouge !

- Je file aux machines voir si je ne peux pas faire
  courir cette dame, indiqua Géraud avec un fin
  sourire.

Tandis que les lumières ont virées aux rouges dans
tout le navire, Quintus sentit enfin sous ses doigts le
navire vibrer et prendre de la vitesse, devant lui les
deux tourelles de cent-cinquante-cinq ouvrirent le feu
sur le *Bismarck*, chacune l'une après l'autre dans un
feu continu, les tourelles arrière entrant aussi dans le
jeu quelques minutes plus tard. Quintus pensa soudain
que ces pièces n'ont pas tirées depuis des années, avec
ses cent quatre vingt un mètre, le croiseur Méréen
semble une crevette attaquant un vieux homard, mais
l'avenir du royaume prévaut. Le navire fit une
embardée et sa vitesse augmenta, comblant la
différence entre les deux navires, Quintus a ordonné
que le croiseur soit au plus près afin que les artilleurs
puissent viser la passerelle, petit bout de métal dans la
masse. Il imagine les deux cheminées du navire
crachant un flot de bulles épais, cachant le mat de

communication tandis que le tripode au-dessus d'eux balance dans le mouvement de ses vergues radio.

En face, les officiers semblent ne pas comprendre, le cuirassé s'étant presque immobilisé, ils n'y voient plus rien, un flot continu de feu, d'étincelles et de lumière inonde la passerelle, le Second-Lieutenant sait que l'officier artilleur est désœuvré, il ne peut faire le point et sans cela les tourelles ne reçoivent plus d'ordre de tir. Pourtant le puissant navire manœuvra, ils veulent cacher la passerelle de leur flan tribord et utiliser toute la puissance de feu en usant des quatre tourelles et non seulement deux, Quintus l'avait prévu.

- Artilleur, torpilles !

- Nous n'en avons que deux, Capitaine, répondit l'Enseigne.

- Utilisez-les.

Sur le flan tribord les fines tuyères lâchèrent alors deux torpilles lourdes qui fusèrent rapidement sur le navire ennemi, les détectant, le *Bismarck* se redressa pour les éviter, ne pouvant alors plus utiliser les tourelles de fuites qui ne sont plus dans l'axe. Géraud observe le jeune homme avec attention, revenu des machines ou il a fait des miracles, il voit la métamorphose de cet officier en devenir, soudain ses pensées furent coupées par un obus passant au ras de la passerelle.

- Je crois que nous les agaçons, déclara t'il.

- J'y compte bien, mais ce n'est que reculer pour mieux sauter, l'*Algérie* est toujours en danger.

L'artillerie secondaire du cuirassé Atlante a pris vie, les puissantes tourelles axiales envoient alors une pluie d'obus, tous aussi gros que les armes principales du *Primauguet*, frappés de toutes part le vieux navire oscille, son blindage est léger et il ne pourra pas subir cela longtemps, une fois hors courses il ne faudra pas longtemps aux Atlantes pour trouver et détruire le croiseur du Dauphin. Quintus sait tous cela et son cerveau marche à plein régime, quelle est la faiblesse de ce mastodonte de métal blindé ? Un choc le bouscula, la première tourelle est défoncée, inutilisable, mais sa réponse apparue rapidement.

- A la barre, remontez de vingt degrés, en avant toute, pleine puissance, la barre à bâbord toute !

- Quoi mais nous allons le percuter ! S'exclama le Premier-Maitre.

- Nous allons exposer notre coque, hurla l'Enseigne artilleur.

- Laissez-moi la place, allez aux communications, lui dit-il calmement.

Géraud parti de nouveau vers les machines, du moins Quintus le pensât-il, peut-être qu'il fuit sa folie, poussant la manette il ordonna la pleine puissance, sous ses doigts le navire tremble tant sous les coups portés par les armes de l'ennemi, que sous la force de ses machines. Les mètres diminuent, mais si lentement que son idée lui semble ridicule, mais il n'a pas d'autre solution, il doit sauver le Dauphin, donner le temps à l'*Algérie* de fuir, il a la puissance nécessaire pour partir au plus loin du cuirassé, soudain une embardé secoua le *Primauguet*, sa vitesse doubla d'un coup, propulsant le croiseur à une vitesse incroyable pour ce vieux navire, dépassant les trente nœuds allégrement.

Le Premier-Lieutenant apparu avec difficulté sur la passerelle, le navire tient que par miracle, il se posta aux cotés de ce jeune homme qui selon lui prends les bonnes décisions.

6

Quintus tient la barre avec difficulté, elle tremble tant ! Mais sa résolution est de marbre, il doit tenir, hors de question de rater encore sa mission, tenir sans faiblir. Autour du navire fou des boules de lumière éclates, le mélange d'air et d'eau brulante crée des sphères lumineuses dans l'eau, de toute taille selon le calibre du canon tirant son projectile, certaines touchent le bâtiment et trouble encore la concentration du Second-Lieutenant mais il reste inébranlable. Parfois il entend les hommes de la passerelle hurler une indication, le navire est touché en de nombreux points, mais ce n'a plus d'importance.

- Ouverture sur bâbord au pont quatre ! Indiqua l'Enseigne.

- Fermez les portes étanches ! Ordonna Géraud.

- Explosion électrique au pont deux, près des cuisines, indiqua encore l'autre officier.

- Videz et isolez, lança le Premier-Lieutenant, coupez les raccords.

Plus ils approchent, plus le feu est nourri, les batteries secondaires crachent déjà leurs munitions, mais arrivant au plus près l'artillerie légère entra en courses, essayant par tous les moyens de détruire l'ennemi et l'empêcher de frapper leur navire.

- Nous ne pouvons pas le détruire en le percutant, son blindage est trop épais et le navire trop puissant, déclara l'Enseigne artilleur avec effroi.

- Ce n'est pas l'idée, indiqua alors Quintus dans un murmure épuisé mais parfaitement entendu par ses hommes.

Arrivant à quelques mètres du *Bismarck*, le *Primauguet* fit une puissante embardé, Quintus hurla de rage quand le navire gita soudain sur bâbord, la batterie tribord avant du navire Atlante a fait mouche à bout portant, il a oublié cette pièce pouvant viser le ciel, Géraud hurla soudain que les ballasts avant sont percés, d'où le mouvement erratique du croiseur, mais étant lancé à pleine vitesse et bien trop près de sa cible le vieux navire continua sa course. Le choc fut incroyable, Quintus n'aurait jamais cru que cet effroyable bruit de métal tordu lui aurait donné autant de satisfaction.

- Bien visé, Capitaine. Déclara Géraud en se relevant.

- Pas vraiment, j'aurais voulu toucher les deux tourelles, sans ce coup j'aurais pu y arriver.

Sur la passerelle le chaos règne, lors du choc tous les officiers ont volé dans chaque recoin, sur les écrans les informations se suivent, le navire est en piteux état, mais l'objectif est atteint, le *Primauguet* est enfoncé sur le pont avant du *Bismarck*. Quintus sait que les Terriens n'ont jamais prévu qu'un navire entier tombe sur leur cuirassé, les pièces principales étant incapable de viser en hauteur, mais il a oublié les pièces anti-aériennes qui du coup gâche son plaisir. Appuyés sur la barre, Quintus et Géraud regardent les dégâts, quand avec un mince et rare sourire le Premier-Lieutenant se tourne vers son cadet.

- Et maintenant, Capitaine, on les aborde ?

- Ha ! Je ne doute pas du courage de mon équipage et je suis sur que les deux-mille hommes de ce navire se rendraient rapidement, mais je crois que c'est bon pour aujourd'hui.

Laissant tomber la pression, tous sur la passerelle rigolèrent. Quintus se traina sur la passerelle de manœuvre tribord et regarda au-delà des fenêtres. D'aussi prêt il peut voir la passerelle ennemie, il lâcha un mince sourire. Le Capitaine du *Bismarck* est figé, totalement tétanisé la bouche ouverte, il ne comprend pas comment un croiseur à bien pu atterrir sur son pont, comment le fleurons de la Flotte Atlante peut être traité de la sorte. Dans tous les cas les marins Atlantes ont totalement oublié l'*Algérie*, seul compte ce navire écrasant leur cuirassé.

Soudain, le jeune homme eut un frisson, sur le pont, près de la barre un regard alliant parfaitement haine et cruauté ne le quitte pas. Sur son épaule droite brille un entrelac d'algues d'or en nœuds qui enserrent les deux perles de son grade, tout comme le pourtour de son col doré, sur le rouge sang de son uniforme brille le cercle d'or avec le delta Atlante en son centre, à ses manches se retrouvent les mêmes algues dorés surlignés d'une fine bande. Un Amiral ! Rien que ça, l'un des dirigeants du royaume Atlante, probablement le maitre d'œuvre de cette attaque, visant son col il ne parvint pas à voir son domaine, qui est cet homme ? Grand, la peau rougeâtre jurant avec son uniforme, les cheveux blond coupés court et un horrible bouc pointu ou ne brille aucun sourire, il ne semble pas gouter la surprise de Quintus, quand il se tourne vers le Capitaine il parle avec force et colère, puis voyant son manque de réaction, il ordonne directement à l'homme de barre, autant pour la chaine de commandement.

Dans un crissement aigu, le *Bismarck* recule avec lenteur, laissant l'étendu des dégâts aux regards de l'équipage du *Primauguet*, les deux tourelles avant sont mal en point, la première a juste un affut plié mais cela est suffisant pour rendre la tourelle inutilisable, trop dangereux, risque d'implosion déclara Géraud. Par contre la seconde tourelle est totalement hors service, entièrement écrasée par l'étrave du croiseur. Un inquiétant tremblement parcouru le navire lorsque les deux bâtiments se séparèrent, dans un bruit sourd d'explosion les ballasts avant lâchèrent en laissant le navire se dresser, plongeant en avant les réserves d'airs se remplirent d'eau, alourdissant le croiseur qui piqua en avant, tout en se tenant à la verrière de la passerelle, Quintus se tourna vers l'Enseigne qui lui déclara avec dépit.

- Les machines sont hors service, il semble qu'une soupape soit brisée.

- Nous devions avancer plus vite, non ? S'excusa le Premier-Lieutenant.

- Armement hors contrôle, dit alors l'officier artilleur, plus de munitions, Capitaine.

- Passez sur l'auxiliaire, ordonna Quintus.

- Ce ne fonctionne plus. Les ballasts non plus, Capitaine.

Alors dans un lourd crissement le *Primauguet* se dressa entièrement, proue en bas, tel un hippocampe en transe devant une femelle, dans le navire le fracas des meubles et matériels tombants résonna avec fureur, tout en pensant que les deux Enseignes lui avait donné un titre qu'ils lui refusaient depuis toujours, une pensée parasite le traversa.

- Le Kommodore Krump va me tuer, il râle déjà à la moindre rayure sur les caisses.

- Sans parler du navire, glissa le Premier-Maitre.

- Ils manœuvrent, indiqua Géraud avec tension, ils veulent utiliser leurs tourelles arrière.

Ainsi, le *Bismarck* vire lentement sur bâbord, laissant apparaitre ses deux puissantes pièces de fuite, un coup aussi près détruira le croiseur au blindage léger, probablement coupé en deux par les obus de plus d'une tonne. Si les Marins vivent sous l'eau, la pression extérieure est à même de les tuer aussi sûrement qu'un Terrien. Le cuirassé est lent et le temps court doucement sous le regard du jeune homme, il n'aurait jamais cru mourir en héros, peut-être que sa mort effacera la faute de son père, Théodore pourra enfin ne plus cacher leur lien de parenté.

Avançant avec difficulté vers le pupitre du Capitaine, Quintus appuya sur l'intercom en se tenant laborieusement au large fauteuil, ouvrant la communication, sa voix résonna dans l'ensemble du navire après le sifflet d'annonce, il déclara :

- Ici le Chef d'équipage, je tiens à remercier l'ensemble de l'équipage pour vos grandes qualités lors de cette bataille, le royaume est fier de votre service.

- Merci, Capitaine, déclara l'officier artilleur, suivi des trois autres hommes sur la passerelle.

Habituellement, ils auraient du saluer mais chacun se tient tant bien que mal à ce qu'il peut, la manœuvre serait complexe. Dehors les deux tourelles tournent lentement sur leurs axes, les quatre affuts arrivent vers la coque du *Primauguet*, ils n'ont qu'a presser le bouton et cet équipage disparaitra dans un grand bruit, alors que tous attentent la fin, un impact percuta lourdement l'une des tourelles, puis un second la coque du *Bismarck*, le choc fit reculer les affuts. Suivi de Géraud, Quintus se jeta sur la verrière de la passerelle, bien que devant se dévisser la tête il admira la coque du croiseur *Algérie* qui revenait de sa fuite, ses obus de deux-cent frappant le cuirassé avec force, les deux officiers eurent un cris de concert en voyant trois fuseaux d'acier quitter le navire Méréen, trois torpilles lourdes qui traversèrent l'espace en quelques secondes, le cuirassé étant trop lourd et trop lent il ne peut manœuvrer à temps et les trois projectiles explosèrent contre sa coque, ouvrant une voix d'air rapidement contrôlée par l'équipage Atlante. Avec horreur ils virent les tourelles viser le croiseur princier, tout cela pour rien, pensa Quintus avec consternation. Pourtant l'*Algérie* n'a pas dit son dernier mot, un puissant et épais rideau de bulles quittèrent ses cheminées, il part à pleine puissance tandis que ses propres tourelles crachent leurs obus meurtriers.

7

Le croiseur profite de sa vitesse, bien plus leste que le cuirassé, qui demande un long temps de réaction, il peut le frapper avec ses quatre tourelles, son temps de rechargement étant tout aussi réduit. Le cuirassé essaye tant bien que mal de manœuvrer mais l'*Algérie* est plus rapide, ses affuts crachent par salves, frappant le *Bismarck* en plusieurs points, si ses obus ne peuvent percer son blindage ils peuvent néanmoins faire des dégâts, au moins ils ont totalement oublié le *Primauguet* qui ne peut que regarder le combat.

Tandis qu'il court au devant du cuirassé, le croiseur continu de tirer à une cadence infernale, le Premier-Lieutenant indiqua qu'ils cherchent à tourner le navire pour lâcher leurs torpilles tribord, seule arme pouvant faire réellement de gros dégâts. Sur le *Bismarck* plusieurs voies d'eaux et des marques d'incendies électriques apparaissent, mais pas suffisamment pour stopper ce puissant navire, lui aussi essaye de bouger pour tirer sur le croiseur, mais il est trop lourd. Pourtant, sous les regards horrifiés des officiers prisonniers, les hélices de l'*Algérie* eurent des ratés, une épaisse fumée apparue à la poupe, sans pouvoir dire si cela vient du premier impact ou d'un coup de la puissante artillerie secondaire du cuirassé qui pilonne le croiseur Méréen depuis son arrivée, mais un coup fatal lui a été assigné, enfin dans un mouvement abrupt le navire se stabilisa, les hélices et les moteurs étant manifestement hors service. Sur le croiseur les pièces d'artilleries continuent néanmoins à tirer, mais ce n'est que veine tentative sur ce magnifique bâtiment au blindage lourd.

Quintus peut presque entendre les ordres sur la passerelle du *Bismarck*, l'horrible Amiral doit jubiler de sa victoire, satisfait de laisser le royaume ennemi dans une situation dynastique critique, brisant des siècles de continuité et ouvrant une possible guerre civile lui permettant de détruire Mérée tandis qu'il se déchire de l'intérieur. Avec horreur il vit le cuirassé prendre de la vitesse, l'immense navire s'élançant sur le croiseur qui doit faire à peine la moitié de sa taille, un coup direct brisera le navire en deux, tuant tout ses occupants sous le regard impuissant de l'équipage du *Primauguet*. Pour le navire Atlante le choc détruira la proue, mais Quintus sait qu'il peut s'en passer, il sera ralenti mais aura rempli sa sinistre mission.

Tandis que le *Bismarck* avance avec la grâce et la puissance d'un requin marteau vers le croiseur, l'*Algérie* fait tourner ses tourelles, les quatre pièces se mouvant dans un parfait ensemble, visant un point précis de la coque, la bordée percuta avec force le bas de la coque tribord du cuirassé, le choc le fit reculer et virer légèrement, mais ce n'est pas suffisant pour arrêter la gigantesque masse de métal qui s'élance à quasiment sa pleine vitesse. Tout autour des deux navires, des myriades de bulles de lumière de dizaine de tailles différentes exploses, illuminant les alentours de leur éclat mortel, arrivé à une dizaine de mètres du croiseur, qui ouvrit de nouveau le feu inutilement, le *Bismarck* recula violemment ratant l'*Algérie* de peu. Sur le *Primauguet* tous eurent un cri de surprise en voyant passer les six obus lourds qui percutèrent le navire Atlante, Quintus et Géraud s'élancèrent, avec difficulté, vers la passerelle bâbord, vissant ses yeux dans ses jumelles, il regarda l'horizon avec ferveur.

- La Troisième Escadre ! Hurla le Premier-Lieutenant.

- Ils ont entendu l'appel de détresse du prince, déclara l'Enseigne soulagé.

- C'est le *Roma* qui a tiré, il est aussi puissant que le *Bismarck*, indiqua Quintus.

A une quinzaine de kilomètres, la masse blindée du cuirassé Méréen brille, à ses côtés marchent les croiseurs *Foch* et *Colbert* devancés par des destroyers. Dans leurs jumelles, les deux officiers virent les cheminés du *Foch* lâcher une intense volée de bulles, il s'élance à pleine vitesse, suivit par le *Colbert* tandis que les destroyers resserrent les rangs autour du navire amiral. Soudain les verres de la passerelle vibrèrent, le *Bismarck* réponds à l'attaque du *Roma*, ses tourelles arrière lâchent à leur tour quatre énormes obus qui fendent les flots pour frapper le bâtiment ennemi.

Arrivé à bonne distance, le *Foch* ouvrit le feu, ses obus touchant le cuirassé, suivi des armes du *Colbert*, l'*Algérie* les suivant bien que sa position de tir ne soit pas idéale, Quintus devina qu'ils préparent les torpilles lourdes gardés dans leurs flans, mais cela semble difficile, dans un nuage de feu le *Bismarck* bat en retraite, dépassé par le nombre il n'a pas le choix, sans compter le cuirassé *Roma* susceptible de le détruire avec le soutien de son escorte. Son sillage doubla de volume alors qu'il prend de la vitesse, ses tourelles lâchant toujours ses cruels projectiles, le croiseur *Foch* se plaça devant l'*Algérie* pour le protéger de son blindage tandis que le *Colbert* cache le *Primauguet*, son centre du moins, vu la position du navire.

> - Mais, que font-ils ? demanda Quintus, ils ne poursuivent pas le *Bismarck* ?

> - Le Dauphin est prioritaire, indiqua froidement Géraud.

> - Il doit déjà appeler à l'aide, son escorte ne doit pas être loin, intervint l'un des Enseigne.

> - Mais c'est une occasion unique de détruire leur plus puissant navire !

> - Il faut mettre le Dauphin en sécurité, de toute façon il aura rejoint le front rapidement, répondit le Premier-Lieutenant.

Appuyé lourdement sur le vitrage, Quintus souffla. Il se sent totalement vidé, épuisé par toutes ces émotions, il ne se doutait pas que commander est aussi stressant, heureusement cela est terminé, un vrai officier va prendre le relais, mais en attendant il doit rester fort et assurer son devoir.

> - Monsieur Ilit, auriez-vous l'amabilité de remettre ce vaisseau dans sa position initiale ? J'aimerais bien pouvoir marcher normalement.

- Bien sûr Capitaine, je file aux machines pour relancer le générateur auxiliaire, répondit Géraud avec un mince sourire.

- Je ne suis pas … débuta Quintus mais le Premier-Lieutenant a déjà disparu. Haussant les épaules, le jeune homme repris, Monsieur Dam, veuillez dès que possible vider les ballasts arrière, en douceur, je vous prie. Enseigne Kom je voudrais un état de la situation s'il vous plait, essayez de voir si notre infirmier est en état de gérer les blessés, sinon demandez au *Colbert* de nous envoyer un officier médical.

- Oui, Capitaine ! Scandèrent-ils en cœur.

- Je ne suis pas … commença encore Quintus.

- Un appel du croiseur *Algérie*, Monsieur, ils envoient une embarcation, le coupa l'Enseigne.

Tous se turent soudain, le croiseur émit un lourd grincement, dans ses fonds un puissant bruit de moteur s'enclencha, ses coursives s'illuminèrent alors d'une lugubre lumière verte. Sur la passerelle les écrans s'illuminèrent également, profitant du retour des commandes, l'Enseigne vida doucement les ballasts et le navire bougea lentement, se plaçant dans une relative horizontalité.

- Monsieur, le navire est hors service, plus de propulsion, les ponts trois et cinq sont clos, les ballasts avant sont inactifs.

- Nous déplorons une dizaine de blessés, dont trois graves, l'infirmier n'est pas en mesure de les traiter, intervint également l'Enseigne Kom de retour.

- Evidemment, contactez le *Colbert*, je vous prie, soupira Quintus avec dépit.

- Pourquoi il n'y a pas d'officier médical sur ce navire ? C'est obligatoire, et pourquoi cet infirmier pose problème ? Demanda Géraud revenu de la salle des machines.

- Le Kommodore a estimé que ce n'est pas utile et disons que notre cher infirmier apprécie de gouter ses médicaments.

- Que fait-il encore dans la Flotte ? S'insurgea le Premier-Lieutenant.

- Son oncle est Vice-Amiral, déclara juste Quintus.

- Je vois.

- Monsieur, l'embarcation de l'*Algérie* nous a abordé, un officier de liaison demande l'autorisation de monter à bord.

- Accordé, merci.

Quintus regarda la passerelle, elle est dans un état pitoyable, les écrans sautes, les quelques meubles ont volés dans tous les sens, certain sont mêmes en morceaux, des traces de brulures scarifient les murs, même le vitrage montre des fêlures. Quand à eux, les uniformes ont largement souffert, celui de Quintus est déchiré en de nombreux points, il saigne même du bras gauche, un éclat de métal l'ayant touché. Enfin, il n'y peut rien, au sortir de la bataille il doit s'occuper de son équipage avant tout.

Des bruits de pas résonnent dans la coursive tribord, curieux comme ce silence est lourd après le vacarme du combat. La porte s'ouvre lentement, un Second-Lieutenant pousse le ventail blindé pour laisser passer un officier que reconnu immédiatement le jeune homme, bien qu'il ne l'eût jamais rencontré.

8

Sur son visage, aucune émotion, dans la Flotte tous le surnomme l'Ombre du Dauphin, sur son col apparait d'ailleurs en lieu et place de l'identification du navire un dauphin d'or, l'autre col étant occupé par la Couronne de Mérée qui signifie qu'il sert la Maison du Seigneur de la Mer. Hors cela il porte un uniforme de Lieutenant, Rufus Diam, Aide de camp du Prince héritier a de mémoire toujours été présent à ses côtés, ancien précepteur du Prince, il est devenu avec le temps son principal conseiller. L'homme jeta un regard distrait sur le pont et s'avança lentement. Les deux officiers supérieurs s'avancèrent et saluèrent le visiteur avec le salut réglementaire, le bras droit posé sur la poitrine avec le point fermé sur le cœur en s'inclinant légèrement.

- Je souhaite voir le Capitaine, déclara t'il avec une voix douce et sûre.

- Heu, en fait Lieutenant, il n'y a pas de Capitaine sur ce navire, je suis le Chef d'équipage, indiqua Quintus avec gêne.

- Chef d'équipage ? Tiens donc, répondit l'homme avec pour seule véritable émotion visible un sourcil levé.

- Le Kommodore Krump ma nommée faute de Capitaine disponible, j'assure le commandement de ce navire, monsieur Ilit est en quelque sorte mon Second, sur ce voyage.

- Krump, dite vous ? Je vois. Son Altesse souhaite vous rencontrer, venez également Premier-Lieutenant Ilit.

- C'est que …, Je ne suis pas vraiment présentable, déplora le jeune homme.

- C'est un ordre du Dauphin, je pense que les circonstances permettent cet écart, déclara pensivement le conseiller.

- Oui, Lieutenant. Monsieur Kom, la passerelle est à vous, déclara inquiet le jeune officier.

Laissant l'Enseigne de vaisseau totalement perdu aux commandes du *Primauguet*, les deux hommes suivirent l'aide de camp, embarquant sur l'embarcation, ils purent observer les dégâts sur le navire en le quittant, une barque quitta le *Colbert* avec sûrement à son bord un médecin. Le croiseur est vraiment en triste situation, bons nombres de ses ponts sont détruit, son étrave n'existe plus et sa coque est percée en de nombreux points. Mais le Second-Lieutenant perd le fil de ses pensées quand ils arrivent sous la coque de l'*Algérie*, ce navire est magnifique avec ses cent-quatre-vingt mètres de long et ses lignes profilées, au sein de la Flotte Méréenne, son Capitaine est aussi célèbre que ceux des cuirassés et porte-aquanefs, et pas uniquement pour sa carrière exemplaire et ses nombreux commandements, le navire y fait pour beaucoup.

Pourtant, ce merveilleux croiseur a souffert, arrivant par bâbord les membres de l'esquif purent admirer pl
pleinement les dégâts, un large trou perce la poupe ou des traces électriques et de brulures cicatrises la coque et ses intérieurs, totalement cloisonnée désormais. Pour le moment le bâtiment est immobilisé, flottant à mi-distance du miroir et du fond de l'océan, au loin apparait la masse du cuirassé *Roma* qui arrive lentement tandis que les deux destroyers, le *Vautour* et le *Milan,* disparaissent dans le sillage du cuirassé Atlante afin de vérifier son départ et servir d'éclaireurs. Les occupants de l'embarcation montent à bord du croiseur princier. Quintus est émerveillé, ce navire est bien loin du *Primauguet,* tout semble neuf ici, les installations sont parfaitement agencées, outre les dégâts de la bataille. Le Lieutenant les mène directement sur la passerelle amirale, au plus haut du navire, ou loge le prince, mais sur le chemin une silhouette s'impose en travers de la coursive, suivie par une autre plus féminine, la lumière vive des couloirs fait briller les quatre perles sur son épaule droite, tandis que les larges bandes dorées court sur ses manches et que brille l'insigne des Capitaines à son col droit.

Odilon Turo, Capitaine de l'*Algérie* est dans la force de l'âge, mais comme bon nombre de responsable de navire, il préfère la mer aux luxueux bureaux de l'Amirauté, commander un navire est bien plus attirant pour ce vieil orque que les méandres d'algues d'un Amiral. C'est avec un large et sympathique sourire qu'il accueille les arrivants sous le regard pincé de l'aide de camp. Habitué à donner les ordres, le Capitaine calma les réticences du conseiller d'un regard et l'homme préféra se taire.

- Messieurs, je suis ravie de vous recevoir sur mon navire, c'est avec plaisir que je vous remercie, en mon nom et celui de mon équipage de votre action.

- Merci, Capitaine, répondit Quintus en le saluant suivi de Géraud, mais vous nous avez tout autant sauvé en revenant.

- C'est surtout le prince qui nous a déterminé à attaquer, Capitaine ?

- Second-Lieutenant Quintus Far, monsieur, je ne suis que le Chef d'équipage du *Primauguet.*

- Chef d'équipage ? C'est nouveau ça ! Sourit-il avant de se crisper …, Mais Far, comme Denis et Ada ? Blanchi-t-il, tandis que sa large barbe brune se secoua sous l'émotion.

- Ou … Oui, ce sont mes parents ! S'étonne Quintus.

Autour d'eux, les visages se crispèrent en entendant le prénom de son père, normalement nul ne doit prononcer le nom d'un exilé.

- Ca alors ! C'est une surprise, j'ai très bien connu vos parents, surtout Denis, nous étions amis, je suis navré de ce qui lui est arrivé, déclara Odilon en prenant les mains du jeune homme. Puis reprenant plus fort vers son dos, ne faite pas cette tête Lieutenant, ce n'est pas une insulte c'est juste un prénom, par

Poseidon ! Quintus, je vous présente mon officier en second, le Lieutenant Guom.

- Mariette, tu sers sur ce navire ? Je ne le savais pas, s'étonna Quintus.

- Vous vous connaissez ? Demanda le Capitaine.

- Oui, nous étions ensemble à l'Académie, ma dernière année tandis qu'il entrait, déclara la Lieutenante.

- Ça alors, quelle coïncidence, n'est-ce pas Géraud ? Demanda Odilon au Premier-Lieutenant, qui fit simplement un mouvement de la tête vaguement approbateur.

- Hum ! Fit soudain l'aide de camp avec impatience, d'autant plus qu'un Enseigne de vaisseau passa rapidement devant lui vers le Capitaine.

- Capitaine ! Un message du *Roma*, le Capitaine Pal vous remercie de votre inquiétude mais il n'y a pas grand mal. La Vice-Amirale Zom souhaite s'entretenir avec vous pour le départ.

- Bien, je ne vais pas vous retenir plus longtemps, son Altesse doit surement attendre, encore une fois merci et bienvenue à bord. Lieutenant, représentez-moi voulez-vous.

Laissant les deux officiers avec la promesse de venir le voir rapidement, ils suivirent le conseiller dans la partie noble du navire, réservé aux Amiraux, Quintus fut époustouflé par la place et le luxe des lieux.

Enfin rendu devant une double porte, Rufus les laissa là, le temps de les annoncer. Le Second-Lieutenant est tendu, il n'a jamais rencontré la famille royale, tout en retenant sa respiration il essaye de se souvenir des règles en vigueur, éviter de toucher un prince, ne pas regarder dans les yeux, saluer bien bas, à sa droite Géraud semble totalement détendu, un grand brouhaha provient de la pièce de l'autre côté, en plus il doit être ridicule devant tout un équipage, pensa Quintus.

- Vous n'avez pas l'air inquiet, c'est le Dauphin tout de même !

- C'est un homme comme les autres, ce n'est pas la première fois que je le rencontre, j'ai une longue carrière, rajouta-t-il sous le regard interrogateur de son cadet.

- Peut-être, mais il m'impressionne quand même.

- Il n'y a pas de raison, ce n'est pas Théophile XII que vous allez voir, en plus vous avez le même âge.

Soudain les deux portes s'ouvrirent dans un bel ensemble, les quartiers des Amiraux se dévoilèrent dans leurs dorures, mais le seul détail qui occupe l'attention de Quintus est l'homme au centre de la pièce. Ce que l'on raconte sur sa beauté est en deçà de la vérité, la peau dorée, des yeux violet clair, une chevelure brune et courte et sous l'uniforme un corps à tomber par terre, Quintus comprends la liesse qu'il provoque à chacune de ses apparitions. Il porte un uniforme de Kommodore, le même uniforme qu'un Capitaine mais avec un double nœud de carrick sur son col gauche. Sur son col droit apparait le symbole du Corps des Ingénieurs. Sinon tout autour du Dauphin sont présents les principaux officiers du navire ainsi que l'Etat-major et la cour réduite du prince.

Devançant les deux hommes, le prince s'avance avec énergie, il arbore un sourire parfait et il émane de sa personne une gentillesse naturelle qui rassura le jeune officier. Saluant le Dauphin avec empressement il fut surpris de sentir sa main sur son bras.

- Je pense que ce n'est pas utile, c'est à nous de vous remercier pour votre geste, déclara le prince, car ce n'est pas seulement le royaume que vous avez sauvé, mais aussi et surtout les hommes et femmes de cet équipage, déclara le Dauphin en écartant les bras.

- Je vous présente le Chef d'équipage du *Primauguet*, votre Altesse ainsi que son second, déclara rapidement l'aide de camp vexé d'avoir raté le coche.

- Je n'ai fait que mon devoir, votre Altesse, et mon équipage y est de beaucoup dans notre réussite.

- Certes, sourit le prince avant de se tourner vers son aide de camp, Chef d'équipage ?

- Ce titre est spécifiquement décerné par le Kommodore Krump, Maitre d'Intendance en poste à Canaria, à ce jeune homme.

- Je vois, il faut croire que ce monsieur Krump ne souhaite pas se compliquer la tâche, je m'en souviendrais, monsieur Diam, prenez note de cette affaire. Suivez-moi mon ami, monsieur ?

- Far, Votre Altesse, Quintus Far.

9

Le Dauphin s'immobilisa un instant, calculant la portée de ce nom sous le regard inquiet de Quintus, il est habitué au rejet de son nom, mais c'est avec surprise qu'il vit un immense sourire quand le prince se tourna vers lui, dans la pièce des murmures se firent entendre.

~ Le fils d'Ada ?

~ Oui, c'est ma mère, enfin c'était.

~ J'ai parfaitement connu votre mère, comme une deuxième préceptrice en fait, je suis désolé de sa disparition, dit le prince sincèrement affecté.

~ Mais comment ?

~ Votre merveilleuse mère était souvent présente au palais, son atelier se tenait dans une de ses ailes, et bien entendu je partais souvent observer son travail en abandonnant mes instructeurs. Je me souviens de ces magnifiques machines, ses plans toujours prêts sur ses tableaux, elle a fini pas me laisser venir et finalement à me présenter ses projets. J'y allais tous les jours, c'était une véritable amie, une seconde mère.

~ Je comprends, il est vrai qu'elle passait énormément de temps au palais, son travail était important pour elle.

65

- Certes, mais elle me parlait beaucoup de vous deux, aussi.

- Enfin, c'est le passé, trancha Quintus, gêné de parler de ses parents devant tout le monde.

- Je vois, se reprenant le prince. Bien ! Monsieur Far j'apprécie que vous diniez avec moi ce soir, je vais faire transférer vos affaires sur l'*Algérie*.

- C'est que … Votre Altesse, je dois convoyer la marchandise à Canaria, et surtout m'occuper de mon équipage, le Kommodore Krump …, oui évidemment.

Quintus remarque avec retard l'expression amusée du Dauphin, il calcula alors que l'avis d'un Kommodore à côté d'un ordre du prince héritier n'est que d'une importance négligeable. Tandis qu'ils discutent, une voix cassante murmure dans la foule, un officier semble ne pas apprécier l'attention de tous pour ce minable Second-Lieutenant, bien qu'éloigné le jeune homme peut entendre ses mots.

- Je ne vois pas ce qu'il y a de si formidable, il a eu de la chance, c'est tout, j'en aurait fait autant et même mieux, il a quand même détruit un vaisseau de la Flotte avec sa manœuvre grotesque. En plus c'est le fils d'un traitre.

- Je vous dis à ce soir, je crois savoir que le Capitaine souhaite vous voir, déclara alors le prince.

- Merci, votre Altesse, salua Quintus en prenant congés.

- Ho ! Monsieur Ilit, connaissant vos compétences, j'aimerais que vous restiez à bord, je pense que nos équipes techniques auraient besoin de vos lumières.

- Bien-sûr, votre Altesse. Je mis rends immédiatement.

- Ha, Premier-Lieutenant ! Déclara avec force le prince en se retournant vers l'officier qui continue à murmurer.

- Votre Altesse !

- J'ai cru comprendre que vos formidables compétences ne sont pas utilisées à leurs maximums, aussi je vous charge de restituer le *Primauguet* à la colonie canarienne, vous commanderez les opérations jusque sa destination, il va de soit que celui-ci est un héros de guerre et sera traité en cela.

Quintus ne put retenir un rictus, cet homme a une ouïe formidable, l'air éploré de l'officier fait aussi peine à voir que cela lui donne du plaisir.

- C'est que, votre Altesse, je suis officier médical, le second du médecin et mes patients, je ne commande pas, et …

- C'est un ordre, Premier-Lieutenant, déclara avec dureté le Dauphin.

    ~   Oui, monsieur.

Laissant la foule, le Dauphin se retira sous leur salut, planté là et ne sachant pas quoi faire, Quintus écoute distraitement Géraud lui dire qu'il serra dans la salle des machines. Que ce passe-t-il donc ? Hier encore il s'ennuyait sur son pupitre avec pour seule option la tête perpétuellement outrée du Kommodore Krump. Un bruit le sorti de ses pensées, Mariette se tiens à son coté, attendant qu'il finisse de réunir ses idées.

    ~   Le Capitaine souhaite te voir, il attend dans son bureau, près de la passerelle.

    ~   D'accord, merci.

    ~   Tu as bien changé depuis l'Académie, je savais que tu valais mieux que ce que tu fais croire.

    ~   Merci, mais c'est le hasard, toi par contre, je ne doutais pas de ton succès, Officier en second de l'*Algérie*, c'est pas rien !

    ~   Je suis passé par une longue période complexe, le Capitaine ne prends pas à la légère sa succession, mais j'aime ce navire, son équipage, c'est un honneur de commander ici, je suis contente de mon sort.

    ~   Alors je le suis aussi, tu es faite pour commander, je l'ai vu depuis longtemps, déjà à l'Académie, tu seras une grande Capitaine. Il faut que je me change, ou se trouve les bureaux de l'Intendance ?

- Tout est déjà dans la cabine, tu es logé au quartier des officiers, un membre de la suite du prince te laisse sa cabine, je t'ai fait livrer ton nouvel uniforme.

- Mais c'est injuste ! Pourquoi il doit abandonner sa place, je peux rester avec l'équipage !

- A vrai dire, c'est lui qui a insisté lourdement pour te laisser la place, et en plus ton grade fait que tu ne peux loger avec l'équipage, répondit Mariette en regardant par-dessus l'épaule de Quintus ou un Second-Lieutenant l'interpelle. C'est ce couloir, cabine huit.

- Mais … s'exclama Quintus tandis que la jeune femme le quitte pour reprendre ses lourdes fonctions.

Laissant tout cela, le jeune officier part vers la cabine, il préfère avoir un uniforme propre pour revoir le Capitaine, le luxe des lieux le laisse pantois, sa cabine d'officier en second sur le *Primauguet*, il n'a jamais voulu prendre celle du Capitaine, ne dépasse pas la moitié de celle-ci, sans compter les installations. Mais ce qui attire son regard c'est le hublot, une vue imprenable sur l'horizon maritime et surtout sur son croiseur en perdition. Devant lui, légèrement en contrebas, roule le *Primauguet*, Quintus pense à son équipage, aux blessés, sont-ils soignés, le navire pourra repartir ? Secouant la tête il se résout à penser à autre chose, le docteur grognons doit s'occuper de ça.

Son regard passa négligemment sur les meubles, puis sur le lit ou repose un nouvel uniforme, tout neuf, mais quelque chose ne va pas ici, ce n'est pas le bon grade ! L'Intendance a fait une erreur, Quintus passe sa main sur le tissu bleu doux comme la peau d'un dauphin, puis sur les trois perles sur l'épaule droite, un uniforme de Lieutenant. Mais le plus surprenant est la plaque sur le torse, le rond d'argent porte bien son nom. Quintus frotte son insigne, tout rayé et cabossé à l'image de son uniforme. Par contre le col est vide, pas de Corps et pas de navire, qu'est-ce que cela signifie ?

Ne pouvant pas continuer à se promener nu ou avec un habit totalement déchiré, Quintus décida d'enfiler cet uniforme, il demandera au Capitaine de lui faire changer tout en s'excusant de cette usurpation. Sortant de ses quartiers le jeune homme marcha au hasard, ce navire est vraiment immense, mais bien informé par les panneaux et surtout par les marins du bord, un Enseigne voulant même l'accompagner en laissant sa tache en suspens, trouvant plus important de l'aider que de faire son travail. Rapidement, Quintus fut effrayé, les gens le regardent avec des grands sourires, le remerciant sans arrêt mais le plus gênant étant ces regards vrais et sincères. Bien que se faisant discret lorsqu'il marche dans les rues, il a pour habitude de voir des gens au mieux embêté, au pire rageur à la vue de son nom, mais ici ils sont tout diffèrent et cela lui fait horriblement peur.

Avant de rencontrer le Capitaine, Quintus à une tache qu'il estime plus urgente, bien qu'il n'ait plus aucune responsabilité, il doit le faire. Parcourant les larges coursives en saluant les marins qu'il croise avec gène, cet uniforme est vraiment incongru, en plus il est séré, son ancienne tenue était plus lâche et agréable, celle-ci est totalement colée à sa peau, comme doit l'être un uniforme réglementaire, mais bon il appréciait de respirer librement, le col l'enserre avec force et il trouve ça désagréable. Oubliant ses soucis vestimentaires, le jeune officier arrive enfin à sa destination après s'être égaré deux fois, sur le *Primauguet* il y serait arrivé de suite, pour rien, car il n'y a pas d'opérateur, pas de petite économie pour le Kommodore. La station de communication de l'*Algérie* est bien fournie tant en matériel qu'en personnel, deux Second-Lieutenants attendent les messages et travaillent ici.

> - Bonjour, je voudrais parler à l'officier médical du *Colbert*, je vous prie.

> - Lieutenant ! Salua l'homme, je vous mets en relation, console deux.

Et en plus ils sont efficaces ! Pensa Quintus. Devant lui le rond virtuel laissa la place à une silhouette bleu, un Lieutenant portant au col l'insigne du corps médical, un rythme cardiaque battant.

> - Lieutenant, salua Quintus, je suis le Second-Lieutenant Quintus Far, Chef d'équip ..., je veux dire officier chargé du *Primauguet*, je voudrais des nouvelles des blessés de mon équipage.

- Oui, je vois. Hélas les nouvelles ne sont pas très bonnes, nous avons un mort, qui a succombé à ses blessures et deux blessés graves que je dois transférer à terre, les autres sont stabilisés.

- Qui est ce ? Demanda Quintus avec émotion, je dois prévenir sa famille.

- J'ai cru comprendre que le Premier-Lieutenant Job s'en est chargé, en tant que médecin il connait les mots, je suis navré mais il n'y avait rien à faire, par chance votre équipage était réduit.

- Je vous remercie docteur.

- Lieutenant Far, vous ne pouviez faire autrement, c'est un moindre mal, si vous n'aviez pas réagi le nombre de mort serait beaucoup plus élevé, lui dit fermement le médecin.

- Merci, terminé !

Se remettant tant bien que mal en chemin, il monta sur les ponts supérieurs, rendu sur la passerelle, il indiqua son nom au garde de service, celui-ci écarquilla les yeux et lui fit un salut digne d'un Amiral, avant de le laisser entrer.

10

La passerelle est divisée en deux parties, une antichambre et la salle de commandement elle-même, l'idée étant de limiter une invasion et permettre à la passerelle fortifiée de retenir un abordage. Le plus simple étant de capturer le Capitaine d'un navire pour tenir son équipage, l'ennemi se jette sur la passerelle mais trouve une difficulté supplémentaire pour arriver sur le poste. L'antichambre regroupe les quartiers du Capitaine et des officiers supérieurs mais aussi le bureau du Capitaine, deux portes lourdes bloquant le passage vers la passerelle. Aussi Quintus fut invité à patienter dans la coursive, regardant par le hublot il put constater qu'un chasseur prends en remorque le *Primauguet*, sûrement sera-t 'il amené à Canaria pour réparation, Quintus espéra que ce n'est pas la fin de sa carrière.

Un bruit le sorti de ses pensées, le Capitaine attends patiemment qu'il termine ses observations, tranquillement posé à un autre hublot.

- Capitaine ! Excusez-moi, je regardais le *Primauguet* partir.

- Ce n'est rien, je comprends aisément l'émotion d'un Capitaine devant le départ de son navire, sourit gentiment l'homme barbu.

- Certes, je suis resté deux ans sur ce bâtiment, et je dois dire que je ne comprends plus très bien la situation.

- Deux ans sans véritable commandement ? Cet homme mérite la radiation, murmura le Capitaine, commencez par vous assoir mon ami. Reprit-il plus fort.

- Pourquoi vouliez-vous me voir Capitaine ?

- Hé bien, Lieutenant Far, je voulais saisir l'occasion de parler de Denis et d'Ada et du Club.

- Oui, dit gêné le jeune homme, c'est une erreur de l'Intendance, je vais le faire changer.

- Je ne crois pas non, c'est le moins que peut faire le prince, vous le méritez et le mieux est à venir.

- C'est-à-dire ?

- Ce n'est pas à moi de vous dire cela, compris l'officier qui en a trop dit. Je voulais parler de vos parents et de leurs activités, se rattrapa t'il.

- Je ne me souviens pas de grand-chose, vous savez.

- Certes, vous étiez très jeune, votre père et moi étions de très bon ami, depuis l'enfance et bien que nous ayons pris des chemins différents nous sommes restés en contact.

- Racontez-moi, s'il vous plaît.

Odilon ne se le fit pas dire deux fois, prenant du début il raconta à Quintus l'enfance de son père, sa passion de l'histoire et les déboires de sa prime carrière d'historien. Puis vint sa rencontre avec Ada, le départ de sa passion pour les Terriens, les liens que Denis fit entre les Marins et Ceux-d 'en Haut, sa nomination à l'Académie des Sciences et ses premières découvertes. Enfin il lui parla aussi de sa mère, qu'il connait mieux, son grand talent d'ingénieur, ses succès, l'histoire réelle de sa disparition.

Le jeune homme fut perturbé, il a rarement la possibilité de parler de ses parents, surtout de son père, l'exilé. Mais là, il a quelqu'un qui l'a réellement connu, qui le connait et n'a pas peur de lui parler de lui, de sa carrière et de sa vie.

- Avec quelques amis nous avions formé un Club pour la recherche sur les Terriens et nos origines, déclara enfin le Capitaine.

- L'Amirauté n'a sûrement pas apprécié.

- Nous avions le soutien de la Princesse Honorine, et le Grand-Amiral n'avait pas encore autant de pouvoirs.

- Je vois, donc vous faisiez des recherches sur nos origines, comment ?

- Denis avait eu une idée géniale, la Troisième Voie.

- La Troisième Voie, c'est quoi ? Demanda Quintus à la fois inquiet et excité.

- Que voudrais-tu faire mon garçon ? De ta vie.

- Je voudrais être Historien, j'ai préparé le concours durant des années, mais …

- Mais Gildas n'est pas d'accord, je connais ton beau-père, c'est un bon bougre, un peu brut mais il veut te protéger. Donc la Marine.

- Oui, mais je ne suis pas fait pour ça.

- Hum, la situation parle contre toi. Mais ton père aurait été fier de toi et t'aurais dit de continuer en suivant la Troisième Voie.

- Je ne comprends pas.

- Quel est la première règle sur un navire, selon le Code Naval ?

- Le Capitaine est seul maitre à bord, révéla Quintus.

- Exact ! Que sais tu de la découverte du temple des maltais ?

- Le maitre d'études Sylvestre Som a découvert avec son équipe, les ruines d'un temple circulaire datant de plus de dix mille ans, à l'origine de notre entrée dans les eaux, des artefacts ont été réunis présumant quelques réponses à notre histoire.

- Bravo ! J'ai personnellement convoyé l'équipe
de l'Académie sur place.

- Je l'ignorais ! Avec l'*Algérie* ?

- Évidemment, vois-tu Denis avait compris que si
l'Amirauté bloque les découvertes, ils ne
peuvent arrêter un navire qui patrouille et qui
tombe par hasard sur un site. Aussi nous avions
réunis quelques officiers qui, comme nous,
pense que le passé mérite mieux qu'une litanie
de victoires, nous devons savoir d'où nous
venons ! Nous l'appelions le Club.

Quintus se mua un instant dans le silence, il n'a jamais
vu son père comme un résistant, un briseur de règles,
hors la principale. Donc il propose de promouvoir la
recherche en usant des moyens de l'Amirauté sans
qu'ils ne puissent s'y opposer. Il est vrai qu'une fois en
mer le Capitaine fait ce qu'il souhaite, hors la
direction générale de sa mission. Le Capitaine Turo le
regarde réfléchir, diable qu'il ressemble à Denis, mais
avec une touche de génie d'Ada.

Tous en pensant aux tenants et aboutissants de cette
histoire, le jeune Lieutenant jette un regard distrait sur
le bureau de l'*Algérie*. D'un grand luxe et sobrement
décoré, au centre un bureau de bois flotté d'un blanc
doux, surmonté des écrans de contrôle ou l'officier
supérieur reçoit la situation du navire et les ordres
cryptés de l'Amirauté. Bien qu'il ne puisse voir les
informations de sa place il devine que de nombreux
points d'alertes s'affiches, pourtant l'un s'effaça
sûrement quand le croiseur se mit a vibrer, les

machines redémarres, la lumière s'intensifia et le Capitaine poussa un soupir de satisfaction. Un détail attira l'attention du jeune Lieutenant sur une étagère près de la porte.

- Il faut croire que Géraud n'a pas perdu la main, nous allons pouvoir quitter cette zone dangereuse, déclara le Capitaine de l'*Algérie*.

- Vous le connaissez bien ?

- Certes, nous étions ensemble à l'Académie, déjà il avait des prédispositions pour l'Ingénierie, entre autres, pour ma part je préfère le pilotage.

- Je ne comprends pas sa volonté de rester officier subalterne, il pourrait monter rapidement avec ses connaissances.

- Cela lui est utile, clôtura Odilon mystérieusement.

- Est-ce bien un de ces artefacts en plastic que je vois là ? Demanda Quintus comprenant qu'il n'aurait pas d'autres informations.

- Oui, il y en a des milliers dans nos eaux, je suis passionné par cet objet, que cela peut-il bien être ? Une effigie divine, un objet rituel, …

- Vous savez que ce type d'artefact se vend une fortune, on les échange contre des perles royales, j'ai même entendu dire qu'un Amiral d'Orient a échangé un de ces objets contre sa maison.

- Je sais, j'ai trouvé celui-ci lors de fouilles près
  des cotes de l'anse du lion.

Quintus se leva avec un frisson dans le dos, mélange
de frayeur et d'excitation, l'anse du lion, si près des
Terriens. Prenant l'objet avec prudence dans sa main,
il constata son parfait état, le jaune du corps même pas
effacé tandis que le curieux appendice nasal d'un
orange soutenu reste intact, un objet de grande valeur.

- Il est parfait, certain font même du bruit il
  semble, peut-être une litanie aux dieux d'en
  haut ?

- Qui sait ? Répondit l'officier avec un sourire.
  Vous dinez avec le prince, vous rencontrerez
  mon épouse, nous sommes également invités.

- Ce sera un grand honneur, vous m'avez donné
  à penser. Au fait comment se nomme ce Club ?

- Le Club ? Demanda le Capitaine totalement
  perdu, et bien … juste le Club, pour nous c'est
  une évidence.

- Ho ! Je vois.

Une légère sonnerie vint de la porte, sur un geste
d'Odilon celle-ci pivota pour laisser apparaitre un
Lieutenant.

- Capitaine ! Nous sommes parés au départ.

- Bien, prévenez les Capitaines du *Colbert* et du
  Vautour que nous partons immédiatement pour

le Détroit. Remerciez la Vice-Amirale pour son assistance et n'oubliez pas mes meilleurs sentiments.

~ Oui, Capitaine ! Lieutenant, salua l'officier en quittant le bureau.

~ La Vice-Amirale Zom était mon Second sur la *Provence*, un excellent officier qui mérite sa situation, indiqua Odilon voyant le regard interrogatif de Quintus.

11

L'attention de Gustave avait débuté lors du repas du soir ou il avait étudié consciencieusement son invité, l'interrogeant sur sa vie et sa vision des choses. Le Dauphin a désormais revêtu son uniforme classique, une tenue d'Amiral avec deux dauphins d'or au col marquant son rang, l'ancien ayant pour objectif de le rendre discret pour un voyage sans annonce officielle. Pour tous, le prince est au chevet de son père, à la capitale, pourtant Quintus ne put se retenir de faire remarquer que la seule absence de son Aide de camp au palais est un aveu en soit, si le Lieutenant Diam est ailleurs, le prince aussi, c'est avec un regard admiratif que le Dauphin avoua qu'il a parfaitement raison et qu'il n'y a pas pensé.

A cette occasion, comme annoncé, Quintus a pu faire la rencontre de Renée Turo, l'épouse du Capitaine, Lieutenant et officier médical en chef du navire. Le jeune homme fut attendri par leur relation mais aussi plutôt amusé car Odilon semble perdre toute autorité lorsqu'il s'agit des repas, le puissant Capitaine de l'*Algérie* est au régime et madame Turo a bien l'intention de le lui faire respecter, surveillant les quantités et les produits en eux-mêmes, elle ne laisse rien passer, pour le plus grand amusement de leurs hôtes, leur petite dispute étant des plus originales et même plutôt mignonne. Par contre le jeune Lieutenant à droit à toute ses attentions, il est bien trop maigre, il doit se nourrir plus gras et en plus grande quantité, sous le regard attristé du Capitaine son assiette déborde de tout ce qu'il n'a pas droit, et gare à lui s'il essai de lui glisser quelques bouts, le Lieutenant Turo voit tout !

Bien que filant à trente nœuds, il leur fallut trois jours, ce fut la durée de ce curieux voyage, durant ce temps Quintus fut l'invité du prince, ils déjeunent ensemble, parlent ensemble durant des heures sous le regard impavide mais attentif de l'Aide de camp. De ces discussions le jeune homme ne peut voir qu'un seul résultat, les deux garçons n'ont pas seulement leur âge en commun, Quintus compris rapidement que comme lui le prince souffre de la solitude. Une solitude bien différente, certes. Quintus a toujours été rejeté de part son nom, Far l'exilé, Far le traitre, la honte de son père, à peine atténuée par le talent de sa mère, a rejaillie sur lui depuis son enfance. Cela sans oublier ses errements professionnels, constant sujet de dispute avec son beau-père, ne mettant aucune passion sans ses choix dans la Marine, il termina dans le triste Corps des Intendants ou il s'enfonça encore plus dans sa déprime.

Pour le prince, cela est différent, mais pas si éloigné finalement, car le résultat est le même. Le poids de la Couronne n'est pas une légende, de tout temps Gustave dut être le meilleur, toujours le premier, toujours surveillé, il lui explique qu'il n'a jamais pu se faire de véritable ami, la barrière mystique du pouvoir éloignant les rares candidats. Durant son service dans la Flotte et même à l'Académie, le jeune homme dû se débrouiller seul, ses amis étant plus souvent des profiteurs, espérant son amitié pour de bonne place, bien qu'il eût une carrière honorable, il est arrivé au grade de Lieutenant, il a été encadré tant par la présence lourde des informateurs du Grand-Amiral que par les agents de sa mère. De même, son père le tout puissant Seigneur de la Mer n'a jamais témoigné de véritable affection, il doit avant tout former son successeur, rester ferme et décidé devant tous et plus encore face aux Amiraux, toujours prêt à utiliser toutes les faiblesses de la Couronne et à grignoter les parcelles de pouvoir à leur disposition. Heureusement pour lui la douce mais intransigeante Princesse Honorine a veillé sur son chemin. Aussi, bien qu'il puisse aligner un grand nombre de conquêtes, le Dauphin n'a jamais vraiment trouvé l'amour, certain étant même plus attirés par l'image du pouvoir et les titres royaux que par sa personne. Gustave avoua avec dépit, ce qui fit honteusement sourire Quintus, la nouvelle passion de la souveraine, lui trouver une épouse convenable, selon elle il est temps de s'engager, il est assez âgé pour être père et assurer l'avenir du royaume. Aussi elle organise sans arrêt des rencontres avec les plus grandes familles du pays ou le prince doit discourir avec les filles mis en avant par leurs parents.

Bien-sur les choses sont bien différente depuis une dizaine d'années, Théophile XII est gravement malade, atteint de la terrible fièvre verte qui le détruit lentement et inexorablement. La vacance du pouvoir s'installant dans la durée, le Grand-Amiral Ving s'arrogea les principales fonctions royales au fur et a mesure, laissant la portion congrue à l'épouse du Seigneur de la Mer et son héritier bien trop jeune. Aujourd'hui son père est comatique, mais toujours vivant, donc le Dauphin reste que l'héritier du trône, laissant le minimum de pouvoir possible, le Grand-Amiral est encore l'homme fort du royaume.

Quintus ressentie une grande tristesse pour le prince, le peuple est au courant de l'état du souverain, mais le pouvoir immense du Grand-Amiral est flou, si tout le monde sait qu'il est le maitre, le jeune Lieutenant n'aurais jamais cru qu'il soit si puissant. Mais les choses changent, étant majeur, le Dauphin dispose de plus en plus de possibilité et de droits sur la Couronne, l'Amirauté ne peut stopper ces changements sans être en port-a-fau avec la volonté du peuple qui garde une grande affection pour la famille royale. La première victoire du palais étant de reprendre en mains les finances, gérée directement par un Amiral choisi par le chef de la Marine depuis la fin du mandat du dernier Prytane nommé par son père. Désormais, en accord avec sa mère, c'est le prince qui a choisi le titulaire de cette place enviée, bien-sûr il a pris soin de faire examiner les finances, mais si le Grand-Amiral aime le pouvoir, l'argent est bien géré, il ne manque pas une drachme au Trésor.

De même, le Dauphin à également repris les rênes des protectorats de la Couronne, dont l'Académie des Sciences, du moins ce qu'il en reste, l'Amirauté n'ayant aucuns intérêts autres que glorifier ses actes, l'illustre institution n'est plus ce qu'elle était. Depuis des années, l'Amiral chargé de la Recherche est descendu dans l'ordre protocolaire, dépassé par les responsables de la Guerre, les opérations de recherches et scientifiques devenant centrée sur celle-ci. Enfin, aidé par les médias bien dirigés par la

souveraine, experte en communication, le palais revit,
d'autant plus que le prince à une aide des plus précise
en la personne de sa sœur. Quintus frissonna en
apprenant que la sœur du prince assure désormais les
affaires de la Couronne, l'Amirauté n'a qu'a bien se
tenir si la terrible princesse Marthe gère la Maison
royale.

Cadette du Dauphin, cette femme est extraordinaire,
sortie major de la pire promotion de l'Académie,
devant son frère, avec deux ans d'avance, elle décida
de partir directement en mer, bien que les membres de
la Famille royale ne soit généralement affectés que sur
des bâtiments sûrs, loin du front, elle décida de
s'embarquer sur les destroyers au plus près des
combats. Engagé sur le *Volta*, elle grimpa rapidement
les échelons avec les appréciations de ses supérieurs,
promu Lieutenant avant ses vingt ans, elle excelle dans
la communication et l'artillerie. Nommée officier
artilleur du croiseur *Pluton*, elle fut prise à partie dans
une bataille des plus complexe ou ses talents
permirent la victoire face à une flotte Atlante
supérieure en nombre. Devenant même
temporairement Officier en second lors du voyage de
retour, le titulaire ayant été tué au combat, elle
ramena la majorité de son équipage sain et sauf au
Detroit bien que le navire soit quasiment hors service.
Faite chevalier de l'Ordre du Dauphin, la logique
aurait été de lui confier un bâtiment en qualité de
Capitaine, mais l'Amirauté, inquiète de la faveur de la
princesse, usa d'une ancienne loi interdisant aux
membres de la Famille royale de prendre un
commandement, cela afin d'éviter qu'un cadet utilise

son navire contre la Couronne, elle fut promue Kommodore et le Grand-Amiral lui proposa un poste de qualité à terre.

Sa réponse vint plus d'une semaine après la proposition, fortement vexée, bien des cris furent entendus au palais, elle accepta la promotion puis se retira du service. Pour le public ce fut une insulte des plus amusante envers l'Amiral Ving. Laissant la Marine, Marthe pris alors les affaires caritatives de sa mère, laissées en suspend lors de la maladie de son époux, ou elle fit des miracles, enfin son frère lui proposa la fonction d'Archonte du palais, laissée vacante depuis plusieurs années. En quelques mois ce fut une révolution, le personnel inutile et douteux, à la solde du Grand-Amiral, fut suspendu, les services furent réactivés selon un système plus juste et efficace, bien que toujours endormi, le Palais d'or brille de nouveau par son efficacité, mais bien des rumeurs courent sur la princesse, on la dit maitre d'un réseau d'espions qui l'informe en direct des affaires de l'Amirauté et même bien au-delà.

Ce fut lors du dernier jour de voyage vers le cœur du royaume que le prince Gustave invita Quintus sur la passerelle amirale, devant leurs yeux ils purent voir approcher les colonnes d'Héraclès, le Detroit, qui ferme dans un étroit verrou les portes du royaume de Mérée. Depuis des millénaires, Gibraltar est la clef de la défense de cet accès, transformé, en toute discrétion, en forteresse infranchissable pour la Flotte Atlante, grâces à cette puissante serrure le royaume fut préservé même durant les années noires de l'ascension de l'ennemi de l'atlantique.

- D'ici un jour ou deux nous serons à Poséis, j'aimerais vous faire une proposition qui nous engagera tout les deux, indiqua le prince avec un air grave.

- Je me doute que vous ne m'avez pas amené que pour mon charisme, Votre Altesse, répondit Quintus essayant d'alléger l'ambiance. Il n'eut droit qu'a un faible sourire.

- En partie si, j'aimerais vous donner un poste sur ma flotte de recherche, j'organise, en toute discrétion une mission scientifique, j'ai réuni les meilleurs chercheurs mais il me faut quelqu'un qui puisse faire le lien entre la partie Marine et recherche.

- Vous voulez que je dirige les recherches ? Et depuis quand nous avons une flotte de recherche ?

- En fait il n'y a qu'un seul navire, mais je suis sûr qu'il vous plaira et j'envisage plutôt la fonction d'Officier en second, d'où votre grade.

- Officier en second ! Mais je ne suis pas qualifié, s'effraya Quintus.

- Vous l'êtes amplement mon ami, si ce n'était que moi vous seriez Capitaine, mais je dois toujours faire avec l'Amirauté qui m'en impose un, je vous laisse le reste du voyage pour y penser, disposez.

12

Que faire ? D'un côté, l'aventure l'attire comme un aimant, c'est l'occasion de suivre les idées de son père tout en s'assurant un véritable avenir dans quelque chose qui lui plait. De l'autre, c'est une responsabilité écrasante, Officier en second d'un navire d'exception, il n'a pas eu beaucoup d'information sur le bâtiment en lui-même, ni sur la mission exacte de celui-ci. Lorsqu'il s'en est ouvert à Géraud, le Premier-Lieutenant s'est contenté de lever ses gros sourcils et d'afficher un sourire mystérieux, pas de quoi le soutenir ! Le Capitaine Turo fut enchanté et considéra la chose faite tandis que Mariette fit les gros yeux devant tant d'honneur et disparu de sa vue aussi vite qu'un banc de sardines devant des dauphins.

Regardant, pensif, par le hublot de sa cabine, Quintus ne pu s'empêcher de soupirer d'aise, pour tout Méréen entrer en Méditerranée c'est rentrer à la maison. Un sourire parcouru son fin visage en voyant la couleur des eaux changer vers le bleu de son uniforme, les fonds marins se parant rapidement de la vie propre à la mer du centre, des dauphins les entourant déjà. Mais ses problèmes revinrent rapidement, en son for intérieur le jeune officier sait qu'il doit accepter, comme un pied de nez au destin, il va prendre le sien en main, il va affronter cette épreuve et seul l'avenir lui dira si c'était le bon choix.

Ayant informé le prince de sa décision, il en éprouva un net soulagement, les dés son lancés. Gustave ne sembla pas étonné, il accueilli la nouvelle avec simplicité tout en le remerciant en lui rappelant néanmoins que l'Amirauté ne sera pas des plus contente, ce qui laissa le nouveau Lieutenant froid, pour tout sujet du royaume, la Couronne est plus importante que l'Arsenal. Quelques jours plus tard, ce fut ensemble qu'ils admirèrent la capitale du pays approcher lentement dans les flots sombres, ils sourirent espiègles quand les premiers contreforts furent franchies, ceux-ci dissimulant le seul passage vers la ville, Poséis, crée en l'honneur du grand dieu Poséidon par les anciens est l'une des plus anciennes villes des fonds, les ancêtres des deux hommes ayant pris pour modèle la puissante cité de Poséidonpolis, nulle autre que la regrettée capitale de l'Atlantide.

Pour atteindre la capitale du royaume, il faut franchir les forteresses qui l'entourent, conscient des dangers des ennemies extérieurs, tant marins que Terriens, les premiers Seigneurs de la Mer ont trouvé un site d'exception. Proche de la fosse Calypso, un des points les plus profond de la Méditerranée, il faut descendre dans un tunnel naturel dans le cœur d'un volcan. L'entrée étant fermé par deux forts, gardiens attentifs des lieux, le tunnel est suffisamment large pour accueillir deux cuirassés de concert mais reste un passage complexe et dangereux pour qui ne connait pas ses secrets. L'*Algérie* se stationna au-dessus d'une fosse large comme une montagne, rotonde naturelle et très bien protégé par des canons lourds, remplissant ses ballasts, il s'enfonça bien droit vers les profondeurs selon une direction bien précise qui lui donnera accès aux derniers mètres protégeant la capitale. Courant sur une centaines de mètres, le tunnel s'ouvre sur une immense cavité naturelle dans le volcan, totalement close aux regards et ayant seulement deux accès, le second étant plus complexe encore. Le sommet de la cavité est plusieurs centaines de mètres plus haut ou une ouverture sur le Vide permet aux habitants de bénéficier des rayons du soleil une bonne partie de la journée. Regardant la lourde porte de bronze qui ferme le passage, coude à coude les deux hommes admirèrent Poséis, la merveille des fonds.

Trois immenses cercles concentriques, chacun s'élevant plus que le précédent avec entre eux un large canal servant à accueillir la Flotte. Le premier rond garde les navires de faibles gabarits tel les croiseurs et les destroyers, le second les navires commerciaux et enfin le dernier cercle protège les gros bâtiments, les croiseurs lourds et les puissants cuirassés stationnés devant l'Arsenal, siège de l'Amirauté. Autour de la ville se trouve des champs d'algues ou de nombreuses espèces végétales permettent de nourrir la population, le haut des ronds est protégé par des tourelles lourdes, en cela, il est interdit de passer au-dessus de la ville. L'entrée se fait par une large double porte gardée par un fort fermant le passage, un grand canal traverse les deux premiers cercles, large avenue droite qui perce les deux masses pour atteindre en majesté le dernier cercle. Tandis que le croiseur s'engage dans l'ouverture, ils aperçurent les fenêtres balconés des logements donnant sur le canal, œuvre d'un Seigneur de la Mer souhaitant augmenter le niveau de vie de ses sujets en ouvrant les tristes parois de pierre noire du volcan d'où est sortie la cité. Désormais ce sont des myriades de balcons ornementés qui donne une nouvelle vision de la ville, tel un immense palais aux milles fenêtres. Entre les cercles se trouve un canal transversal, ouvert sur le premier par de larges arcades supportant de magnifiques ponts de chaque côté du grand canal.

Le premier cercle porte deux larges rues qui courent sur toute sa surface, d'un bord à l'autre, encadrant les trois ensembles de bâtiment ou vivent la grande majorité des Méréens modestes, ici les commerces sont plus classiques et les places, sur les ensembles centraux, bien vivantes. Sur ce premier canal sont rangés les destroyers et croiseurs de faibles rangs ainsi que les navires privés. Pour accéder au second cercle, il n'existe que cinq ponts, deux sur les arcades ouvrant sur le grand canal, deux autres au centre du cercle de chaque coté et le dernier à l'opposé de l'entrée de la cité. Le second cercle est réservé aux citoyens plus aisés, monde de palais et de grandes maisons, les commerces vendent du luxe, les marchants les plus important vivent ici aux cotés des Amiraux et hauts magistrats du royaume. Trois ponts massifs permettent d'entrer sur le dernier cercle, un large rond fermé avec en son centre l'Agora, place ou se joue la vie politique du royaume. Deux ponts en biais partent de chaque extrémité du second cercle pour se rejoindre là ou le petit canal rencontre le grand, ici se trouve la vue la plus plongeante sur l'accès principal de la Flotte, derrière l'Agora un autre pont permet de rejoindre les deux autres cercles en ligne droite permettant de traverser toute la cité.

Quintus frissonne en passant le second corolo, hors lors des périodes de fêtes ou quand il fut choisi comme électeur de l'Ecclésia il y a deux ans, il n'a que rarement mis les pieds dans ce monde de pouvoir, d'autant plus qu'il n'est plus présent en ville depuis ce temps lointain où il a servi son pays en qualité de simple civil. S'adossant lentement au quai d'honneur, le croiseur manœuvra pour se mettre en travers du canal, les passerelles furent posées quand les amarres se prirent dans les cosses magnétiques maintenant le navire à niveau. Regardant du haut de la passerelle amirale de l'*Algérie*, Quintus remarqua une grande foule sur les quais, manifestement leur arrivée n'est une surprise pour personne, depuis leur départ le jeune homme s'est forcés à ne pas regarder les nouvelles, préférant rester encore un peu dans sa bulle. Mais là il sent bien que ce temps de paix est terminé, bien des huiles sont présentes, au centre de la foule une silhouette, bien petite en fait, se détache des autres qui semblent lui être déférentes, un rayon de lumière éclaira alors les trois perles encadrées par la dorure des algues brodées, le Grand-Amiral Ving, le maitre du royaume se tient devant la passerelle ou s'engage le prince Gustave, salué par la foule des courtisans et politiciens du pays.

Le jeune Lieutenant n'a jamais rencontré directement le chef de la Flotte, premier Stratège de Mérée, il l'imaginait plus imposant, l'homme devant ses yeux est un vieillard tenant tout juste sur ses jambes, il est vrai que le Grand-Amiral a dépassé les quatre-vingt-cinq ans. Autour de lui, les dix Amiraux se tiennent droit pour recevoir le Dauphin, par naissance celui-ci dispose du grade de premier Amiral du royaume et reste donc leur pair. En suivant se trouvent les neuf Proèdres, présidents de l'Ecclésia et de l'Héliée, l'Archonte-basileus qui dirige la cité et plusieurs Héliastes et Bouleutes.

Tous en discourant avec le Dauphin, l'Amiral Ving semble chercher quelque chose, le jeune homme compris rapidement que son aventure n'est plus un secret, abandonnant sa vue il se jette sur la console dans ses quartiers et ouvrit la vision holographique. C'est avec un sursaut qu'il se trouva devant son image bleutée, en taille réelle bien que plus jeune, sa photo virtuelle de l'Académie, le gros titre placé sous la présentatrice indique que le croiseur *Algérie* est bien arrivé dans la cité et que le Dauphin ainsi que le héros de la nation sont désormais en sécurité à l'Arsenal ou ils sont reçus par le Grand-Amiral. De fait, il voit que son histoire a été reprise en entier, toute ses actions mise en scène et grandement améliorées défilent sous ses yeux ébahis, quand cela a put se produire, qui a parlé ?

Tout en se remettant de ses émotions il se rappela que le croiseur doit gagner le dock, il doit subir de lourdes réparations qui le maintiendront à quai pour un bon moment, ou va-t-il loger ? Il sait seulement que le navire qu'il doit occuper n'est pas terminé, peut-être peut-il trouver une chambre dans le premier cercle, mais ses finances ne sont pas épaisses, la solde d'un Second-Lieutenant n'est pas vraiment une fortune, il a certes mis de coté en vivant sur le *Primauguet* mais ce n'est pas grand-chose.

Un bruit le sortl de ses pensées, deux garçons, portant la livrée du palais, rangent ses affaires dans sa malle, se levant pour les stopper, l'un d'eux lui dit :

- Ordre de l'Archonte du palais, la princesse Marthe vous informe que la voie est libre et que vous serez logé au palais.

- La voie est libre ? Au palais ? demanda Quintus totalement perdu.

- C'est un grand honneur, Lieutenant, ce n'est plus courant désormais, depuis que … enfin vous voyez.

- Et la garde du palais à renvoyée les journalistes et les voyeurs, vous pouvez quitter le navire avec nous, repris le second.

Tout en suivant les deux valets, qui refuse obstinément de le laisser porter ses affaires, il salut le Capitaine Turo et son épouse en leur promettant de revenir les voir, Mariette restant derrière sans un mot, le Premier-Lieutenant Ilit est déjà parti pour une tache urgente, il ne reste que lui. Posant le pied sur l'Agora il jeta un regard perdu sur cet environnement nouveau, avec un soupir il suivit alors les deux gamins.

13

Traversant l'immense espace dallé entouré de gradins de pierre blanche, le Lieutenant Far regarde les quatre grands bâtiments qui entoure la place, derrière les jardins de coraux, au centre l'estrade de pierre noire ou siège l'un des Proèdres, président de séance de l'Ecclésia, l'assemblée du Peuple. Comme tout Méréens, Quintus sait que les institutions du royaume datent des premiers temps, copiant le fonctionnement de leur plus grand ennemi, la cité d'Athènes, les premiers Seigneurs de la Mer pensèrent que leur gouvernement étant le plus démocratique ils le transposèrent à leur cité. Sur cette place se disposent les citoyens tirés au sort en début de trimestre pour approuver, ou non, les propositions de loi, de décrets et les traités soumis par le Conseil de la Boulé. Les Bouleutes sont les cinq cent citoyens venant de tout le royaume selon un système proportionnel, volontaires et tirés au sort pour une année au sein des citoyens, ils préparent la loi et les décrets en comités spécialisés par département sous la direction des Prytanes. Le Conseil siège dans le bâtiment de gauche, immense masse plate plutôt austère, si la proposition est acceptée elle prend le chemin du grand bâtiment carré de droite, ses larges fenêtres accueillent les Héliastes, élu pour un an, qui votent les lois et les fonts respecter, l'Héliée se divise en deux groupes, tiré au sort chaque jour, les Nomothètes qui votent les lois et les Jurés qui assurent les affaires judiciaires et juges les criminels.

Au sein du Conseil de la Boulé sont choisis par le Seigneur de la Mer, les Prytanes, ils assurent l'exécution des lois selon le département qu'ils reçoivent, ils fixent l'ordre du jour de l'Ecclésia et assurent le gouvernement du royaume. Enfin, parmi les plus âgées sont tiré au sort les membres de l'Aéropage qui jugent les affaires les plus graves, dont les homicides. Chaque magistrat ne peut assurer sa charge qu'une année non consécutive, l'idée étant de limiter l'occupation abusive des fonctions et de faire vivre la démocratie par le Peuple.

Enfin, les citoyens élisent pour une année les trois Archontes de la cité, un par cercle et un Archonte-basileus qui dirige la ville avec notamment l'organisation des festivités, la sécurité et la salubrité publique. Tous les magistrats sont responsables de leurs charges devant d'une part le Seigneur de la Mer, Epistate de Poséis, et le Tribunal du peuple, l'Héliée. Dans son fonctionnement normal les Amiraux forment le corps des Stratèges et sont responsable devant le souverain et le peuple des seules affaires militaires. Mais depuis la vacance du pouvoir le Grand-Amiral a pris les fonctions des Prytanes pour leur confier, a sa seule discrétion et sous son commandement, ils assurent le gouvernement du royaume sans véritable contrôle.

Confortablement installé dans le massif Arsenal, un grand ensemble de marbre blanc, les Amiraux secondés par les Vice-Amiraux dirigent le pays en guerre, laissant aux citoyens les fonctions de base tout en gérant Mérée d'une main de fer. Par exemple, si les plus grandes communes sont gérées par des Archontes élus, le reste du royaume et les colonies sont dirigées par des magistrats nommés par l'Ecclésia et contrôlés par les Prytanes, mais depuis plusieurs années le Grand-Amiral nomme directement les Satrapes parmi les Vice-Amiraux et les Kommodores, sans avis des élus du Peuple.

Enfin, ayant traversé la place, le petit groupe arrive devant le symbole même du pouvoir royal, le Palais d'Or, résidence du Seigneur de la Mer. La légende raconte que Quintus se trouve devant l'ancien palais du dieu Poséidon lui-même, laissé à ses fils régnants sur les profondeurs en son nom. Entièrement recouvert d'or massif ses murs extérieurs brillent de mille feux, comme Mérée brille sur le monde marin. Entrant par la grande double porte d'or et d'argent, sévèrement encadrée par quatre hoplites avec leur beau casque à toupet or et blanc, couleur de leur armure, avec leur large bouclier aux armes du Seigneur de la Mer et leur lance-fusil, ils forment la garde d'élite du royaume. Le jeune homme resta béat devant la magnificence des lieux, partout des métaux précieux, des marbres de toutes les couleurs de la nature avec une dominance pour le blanc. Il se trouve dans le grand hall, une salle immense ayant un objectif tout aussi grand, ici peuvent venir tous les citoyens désirant déposer une proposition de loi, sur quelque sujet qu'ils le souhaitent. Au centre du hall derrière les armes royales ornant le sol, se trouve un imposant bureau de marbre brut, un homme brun d'âge mur s'en extirpe pour venir saluer Quintus, il porte une longue tunique, sur laquelle se pose avec noblesse une belle barbe carré, une broche d'or représentant un trône dans un cercle, le symbole des Proèdres, apparait sur son torse.

- ~ Vous devez être Quintus Far ? Je suis Raymond Gab, dit l'homme en le saluant.

- ~ Oui, c'est moi, Proèdre, répondit Quintus surpris, en s'inclinant devant le magistrat.

- ~ Je vous en prie, l'honneur est pour moi, après tout, vous êtes désormais sur la liste des héros, sourit aimablement Raymond.

- ~ Non ! C'est une erreur, c'est bien trop, je n'ai rien fait d'extraordinaire, s'affola Quintus.

- ~ Vous croyez ? Voyez-vous ce tas de disques là ? Demanda le Proèdre en montrant une haute pile de disques holographiques, ce sont les propositions de loi qui demandent à ce que vous soyez promu Amiral.

Quintus eut une absence, une perte d'énergie soudaine et imprévisible, ses jambes le lâchent sans mégarde, retenu par les deux valets, ils le posèrent sur une des chaises pour les visiteurs.

- ~ Je comprends votre frayeur, quand j'ai été choisi pour cette fonction, je ne l'ai pas cru, j'ai eu du mal à m'en remettre. Dit Raymond en posant sa main sur l'épaule du Lieutenant.

- ~ Mais, je n'ai rien fait …

- Vous avez sauvé le prince héritier du royaume et l'équipage entier d'un croiseur, mis en déroute le plus puissant cuirassé de ces eaux et le plus sinistre Amiral d'Atlantis, vous imaginiez que personne ne le verrait ?

- Oui, c'est n'importe quoi, je n'étais pas seul !

- Vous étiez aux commandes mon jeune ami ! C'est suffisant, les médias n'ont pas besoin de plus, croyez-moi. Messieurs, amenez donc ce jeune homme à ses quartiers, il a besoin de se remettre, veillez à sa tranquillité.

- Oui, Proèdre, scandèrent les deux valets en cœur, ravi de servir un héros.

Se réveillant le lendemain dans une chambre inconnue, Quintus ne sait plus ou il en est. D'abord s'extirper du coussin hydrobulle, il n'en a jamais vu d'aussi grand et confortable, il se sent remis à neuf, au moins corporellement. Pour les marins la position de sommeil des Terriens est surprenante, comment peuvent-ils dormir couché ? Ici dans les profondeurs, c'est totalement impossible, les Peuples dorment dans des sas fermés transparent ou des myriades de bulles vous tiennent en suspension et nettoie le corps en même temps. Enfilant son uniforme avec un regard admiratif sur le luxe de sa chambre, le jeune homme entendit un bruit derrière la porte, il y découvrit un vieil homme en livrée, un sourire fin apparait sur son visage.

- Lieutenant Far, je suis Marius, chambellan du palais, si vous le permettez je dois vous accompagner au salon.

- Ha ! Dit bêtement Quintus.

- Si vous voulez bien me suivre, repris l'homme avec élégance.

- D'accord, merci.

- La Princesse Honorine vous remercie d'avoir accepté l'invitation et vous prie de l'excuser de son absence.

- Ce n'est rien, et je n'ai pas vraiment pas d'autre choix. Répondit Quintus tout en frissonnant à la mention de la souveraine du royaume.

- Certes, la princesse Marthe ne fait pas les choses à moitié, depuis toujours.

- Vous servez la famille royale depuis longtemps ?

- Depuis plusieurs dizaines d'années, je dois dire, j'ai eu la chance de voir les enfants grandir et la tristesse de ressentir le départ morcelé du Seigneur de la Mer.

Arrivant au centre du palais, ils passèrent devant une grande arche menant dans une aile séparée, Quintus s'arrêta abruptement devant cet accès gardé par deux hoplites dont les regards le suivent. Pourtant, quelque chose le retient ici, une impression de froideur, de tristesse même émane de ce lieu, bien des richesses brillent sourdement dans la semi obscurité de ce couloir, mais c'est le seul ornement attirant dans ce passage qui se perd dans de véritables ténèbres.

- Ou mène ce couloir ?

- Ce sont les appartements privés du Seigneur de la Mer, répondit avec amertume le chambellan, ces lieux sont clos sur ordre de la Princesse Honorine, pour respecter le repos du Seigneur Théophile.

Ainsi, a quelques mètres de lui se trouve le souverain de son pays, Théophile XII le bon, personne ne l'a vu depuis plus de vingt ans, reclus dans son palais, il s'éteint à petit feu, le corps grignoté par la fièvre verte, perdant tout aussi lentement ses facultés mentales, abandonnant ce monde sous le regard impuissant de son épouse et de tous les médecins du royaume. Dans le premier cercle et dans bien des lieux, ont le nomme le Très Bon, non pas pour ses qualités de dirigeant mais pour son inactivité devant la monté des Amiraux, depuis toujours le Seigneur de la Mer a laissé les stratèges décider pour lui, se contentant des affaires générales, contrastant avec son père qui fut rapidement surnommé le Conquérant.

14

Constantin XVII est le modèle même du Seigneur de la Mer dans l'imaginaire collectif, profitant de sa nouvelle flotte il organisa la reconquête de ses terres avec une efficacité redoutable, dirigeant les batailles directement au combat, sous le feu, il reprit aux Atlantes les colonies canariennes et des Açores, remontant les cotes Est, il put rejoindre la Flotte du Peuple du Nord avec qui il fit reculer les Amiraux d'Atlantis. Au sud, il négocia une trêve avec les guerriers Maori avec qui le royaume était en froid depuis bien des années, réussissant aussi bien à la guerre qu'a la paix. Son long règne fut une période de grandeur renouvelée, ou la Flotte pris sa place dans le fonctionnement du royaume sous son contrôle attentif.

Pour bien des Méréens le Dauphin lui ressemble beaucoup, mais pas autant que la princesse Marthe qui garde ses traits et son talent militaire. Tout le contraire de son fils, Théophile a rapidement préféré l'économie et l'agriculture aux questions militaires, poussé par son épouse, il regardait aussi les études scientifiques et historiques de l'Académie des Sciences. Tout cela Quintus le sait, mais comme beaucoup de ses compatriotes il aime bien ce souverain fantasque qui fit les grandes heures de la presse en son temps, sans oublier le triste sort qui s'acharne sur cette bonne âme en la personne de cette maladie horrible.

Suivant le chambellan, le jeune homme reste dans ses pensées, que fait-il donc ici, au centre du pouvoir, près des personnes les plus importantes du royaume, mêlé à des affaires d'Etats qui le dépassent. Mais tout ceci stoppa net en entrant dans un vaste salon, devant lui se tient parfaitement droite la princesse Marthe. Hors sa chevelure ambrée et sa mâchoire carré, comme son grand-père, elle est semblable au prince Gustave, les mêmes yeux, les mêmes traits du visage et la même noblesse naturelle. Elle porte son uniforme de Kommodore et le toise avec attention, jetant un regard rapide sur la pièce, Quintus fut surpris de voir qu'ils sont seul, d'autant plus que Marius a filé après s'être incliné devant l'Archonte du palais.

- Princesse, je suis honoré de faire votre connaissance, croassa Quintus en la saluant.

- Lieutenant Far, c'est moi qui suis votre débiteur, vous avez sauvé mon frère.

- Je n'étais pas seul, le Dauphin est absent ? Demanda t'il voyant que son hôte n'est pas dans la pièce.

- Il va nous rejoindre, je voulais passer un moment avec vous, vous avez admirablement commandé, j'ai cru comprendre que vous devez devenir Amiral ?

- Comment ? S'étonna Quintus.

- Il va vous convoquer, vous le savez, le Grand-Amiral va sûrement essayé de vous convaincre de le rejoindre. Déclara Marthe avec un regard dur.

- Madame, seule la Couronne compte pour moi, l'Amiral Ving n'a que peu d'utilité pour un historien, s'insurgea Quintus devant son regard accusateur.

- Je voulais n'en assurer, repris t'elle avec un fin sourire. Mon frère, tu sembles ennuyé ?

- Bonjour Quintus, oui Marthe, le vie.., l'Amiral Ving souhaite voir notre invité.

- Vraiment, je pense qu'il ne risque rien, je vous laisse, Lieutenant.

- Princesse, salua complétement perdu le jeune homme.

- Il va falloir jouer serré, l'Amiral va essayé de vous convaincre de quitter l'expédition et surement vous demander des détails.

- Vous ne m'avez rien dit, je n'ai donc rien à dévoiler, je comprends maintenant.

- Je suis désolé, c'est ma sœur qui m'a inspiré cette stratégie, je dois dire qu'elle est assez filoute.

- C'est le mot, oui, entre autres, elle est effrayante.

- Certes, je vous fais escorter par deux hoplites.

- Je ne crois pas …

- C'est nécessaire, croyez-moi, bonne chance.

Laissant le prince, Quintus quitta le palais, aussitôt deux gardes lui emboitèrent le pas, quelle curieuse sensation, mais le jeune officier compris rapidement leurs présences. Sur l'Agora la foule est dense, beaucoup sont des membres de l'Ecclésia et s'installent pour la séance du jour, mais d'autres sont là pour voir les éventuelles célébrités, les Amiraux, les élus influents, les officiers connus. Quand un cri fusa de la foule, Quintus eut bien du mal à comprendre, aussitôt une masse de corps l'entoura, pressant de questions, les flashs lui vrillèrent les yeux, des journalistes battent des coudes pour lui parler et tout ce beau monde trouva les boucliers des hoplites pour principale réponse, les deux hommes le calèrent entre eux et traversèrent les humains comme une vague. Pourtant, il y ici des centaines de personnes, des milliers même, telle la digue qui protège le port, la masse commence à bloquer leur progression, les deux soldats ont bien du mal à percer et ralentissent, les questions et les demandes confuses reprennent de plus belle, parfois une main traverse la protection et le touche avec force, c'est une folie pure qui percute le jeune homme.

Soudain, la lumière revient, une troupe de soldat venant de l'Arsenal, aidé par la garde de l'Ecclésia, ouvre une voie, les trois hommes s'y engouffrent avec un soupir de satisfaction, courant presque vers le siège de la marine ou les portes les protèges enfin. Quintus repris son souffle, les deux garçons avaient raison, c'est dingue, prenant le temps de remercier ses deux protecteurs, il se redresse et regarde le cœur de la Flotte. Partout le blanc du marbre, un certain luxe règne ici, ou plutôt un besoin d'impressionner le visiteur, de montrer la puissance du royaume et de ses navires. Bien que plus petit que le Palais d'or, l'Arsenal est immense, des milliers de personnes travaillent ici, à commencer par les dix Amiraux du royaume et le premier d'entre eux. Suivant une Lieutenante, Quintus avance dans ces couloirs sans fin, ici c'est l'argent qui est roi avec le marbre blanc, une certaine froideur en découle.

Arrivant au quartier du Grand-Amiral, un homme le percuta entre deux portes, s'excusant rapidement l'homme stoppa brutalement et le regarda avec des yeux ronds de stupéfaction.

- Quintus ?

Surpris d'entendre son prénom, l'officier se retourne et le regarde avec surprise rapidement remplacé par un regard de colère.

- Théo.

- Que fait-tu là ? Alors c'est vrai, Lieutenant ! Ce qu'on raconte …

Théodore n'a pas changé, toujours un visage parfait cadré par un corps athlétique, les mêmes cheveux bruns que Quintus avec cette fossette hérité de leur mère, il reste plus grand que lui. Hors cela, il a les yeux bleus de son père et porte à son col le vénéré symbole des pilotes d'aquanefs, un grand espadon sur un cercle, marquant sa fonction de chef d'escadrille, de l'autre coté brille le nom d'un des principaux navires du royaume, l'*Ark Royal*. Il s'est arrêté de parler en voyant le col de son frère qui porte également, remit en personne par le prince, l'un des insignes les plus valorisant du pays, une ancre d'or, le désignant désormais comme un Officier en second.

- Tu pourrais commencer par prendre de mes nouvelles avant de parler carrière, dit Quintus avec amertume.

- Oui, bien sûr, comment vas-tu ? se repris Théodore.

- C'est bien la question ! Cela fait plus d'un an maintenant, s'emporta l'officier.

- Je sais, oui, répondit gêné le pilote, mais j'avais du travail, les missions, enfin tu sais …

- Non, je ne sais pas, j'étais au fin fond de l'Atlantique ou tu n'as jamais pris de mes nouvelles, même ton père m'a envoyé plus de virtuel que toi, mon frère. Je sais bien que je risque de briser ton image si précieuse, le fils de l'exilé, la tache dans ta parfaite carrière, mais j'avais besoin de toi ! Cria Quintus qui ne pouvais plus s'arrêter.

Autour d'eux, les gens se rassemble, Quintus a tellement besoin de crier, de lâcher du lest, voir son demi-frère a ouvert les vannes de sa colère. Devant lui Théodore est gêné, les gens les regardent avec curiosité, certain sont plutôt rageur devant ce tapage dans ce lieu de travail. Le Lieutenant qui accompagne Quintus lui touche le bras, le Grand-Amiral attends et ce n'est pas une personne patiente.

- Ecoute, on peut se parler après si tu veux, lui dit doucement son frère, je suis désolé, c'est vrai que je n'ai pas assuré.

- D'accord, se calma Quintus en voyant les regards des officiers autour, attend moi dans le hall.

- Je t'attends, lui dit Théodore avec un regard et ce célèbre fin sourire.

Laissant son frère, le jeune homme suivi avec dépit son guide dans un large couloir donnant sur un vaste bureau ou une secrétaire le reçoit aimablement. La demoiselle, charmante au demeurant, lui ouvrit les doubles portes dorées donnant sur le bureau du chef de la Marine, en entrant Quintus eut un intense frisson dans le dos, comme s'il entrait dans le domaine d'Hadès. Devant lui se tient avec grandeur le Grand-Amiral Firmin Ving.

15

Il ne l'aime pas, cet homme est faux, malgré son grand sourire, il sent que seul son pouvoir compte. Dire qu'il semble âgé est un euphémisme, il devrait être à la retraite depuis au moins quinze ans mais il s'accroche à son statut, à sa puissance volée. Mais là, il a l'air si gentil, si paternel que le jeune homme se détend doucement. Dans la lumière du bureau son uniforme brille d'une lueur dorée sur le bleu Méréen, sur son épaule droite l'ama d'algues d'or soutien les trois perles de son grade, à ses manches brille ces mêmes algues en deux bandes douces surmontant l'habituelle larges bandes des officiers. Sur sa poitrine sont également présentent les décorations de valeur tel que l'Ordre du Dauphin, de l'Amirauté ou celui du Corail. L'Amiral Ving le regarde avec des yeux calculateurs, ce qui lui reste de cheveux est d'un blanc crais, avec un large rond laissant voir son crane tacheté, ses yeux, bien que vif, mais ou se cache une certaine cruauté sont d'un vert éteint, son visage est rudement ridé de ces traces que laisse une vie complexe, notamment en mer. Bien qu'il soit assis, Quintus devine une petite taille avec des membres courts et fins.

- Mon cher Quintus, je suis ravi de vous recevoir, dit-il avec une voix mielleuse et rocailleuse.

- Je vous remercie de votre invitation Amiral, je ne mérite pas cet honneur.

- Le royaume vous sera éternellement reconnaissant de vos services, vous avez sauvé le prince héritier et notre équilibre.

- Je n'étais pas seul, et c'est plus le hasard qui a mené les choses.

- Peut-être, cela étant je vous dois de vous féliciter et vous récompenser, sourit l'homme avec un air de grand-père donnant des friandises.

- Le prince Gustave …

- N'est que l'héritier du trône, je suis bien plus a même de soutenir les efforts de mes officiers, coupa brutalement l'Amiral avec une grimace.

- Je …

- Nous avons besoin d'homme comme vous, notre Flotte est dans une situation périlleuse, nous devons lutter en permanence contre des forces hostiles et en surnombres, qui plus est. Il n'est pas temps de faire des expéditions inutiles.

- Je ne crois pas, l'histoire est nécessaire à notre bien être et …

- Ce sont des fadaises ! Nous sommes en guerre, toutes nos forces doivent se concentrer sur la lutte armée, vous avez, dit-on, vu notre ennemi, l'Amiral Llod est le pire d'entre eux, il veut nous détruire, je ne le laisserais pas faire !

- Mais Amiral, avec ces connaissances nous pourrions mieux connaitre notre ennemi justement, nous sommes frères, le même Peuple.

- Je croirais entendre votre père, lança avec amertume l'Amiral. Est-ce cela le but de cette expédition ? Quel navire allez-vous envoyer ?

- Je ne sais pas, le prince ne m'a rien divulgué de ses projets, juste que je dois assurer ce poste. Quintus parle tel un automate, son esprit est ailleurs, entendre cet homme parler de son père comme d'un criminel l'a bouleversé, d'autant plus qu'il n'a rien fait pour lui éviter son sort alors qu'il en avait le pouvoir, même lors de la disparition de sa mère, il n'a réagi que lorsqu'il comprit la perte pour son formidable travail, non pour elle-même.

- Il vous offre un poste de Second sur un navire inconnu sans rien vous dire des dangers encourus, et vous acceptez comme un imbécile ! S'énerva le Grand-Amiral qui comprend alors qu'il n'en saura pas plus.

- Je …

- Oubliez cela ! C'est pour ça que Gustave n'est pas à même de diriger le royaume, il n'a pas mon expérience, c'est un enfant qui touche des forces qu'il ne comprend pas, je vais vous faire une bien meilleure carrière.

- Vous voulez dire le prince Gustave, coupa Quintus à sa grande surprise. L'Amiral le regarda rapidement avec un regard noir puis reprit son sourire de façade.

- J'ai regardé votre dossier, ce n'est pas formidable, vos supérieurs n'ont pas su voir votre potentiel, mais je crains que ce soit plus la faute du système qui doit être revu, je vous nomme à un poste clef pour l'avenir du royaume, je crée une commission d'éthique dont je vous donne la direction.

- D'éthique ? Mais que dois-je faire ?

- Vous avez les pleins pouvoirs pour contrôler le comportement de l'ensemble des officiers de la Flotte, tout les officiers, Amiraux compris si nécessaire, je veux que vous punissiez les contrevenants à ma politique, je veux dire ceux qui ne respectent pas les codes ou profitent de leur pouvoir, vous me faite un rapport directement à mon bureau et j'agirais en conséquence.

- Comme le Kommodore Krump ? Vous l'aviez pourtant nommé vous-même ? Répliqua furieusement Quintus.

- Krump est un idiot, une erreur que j'ai personnellement corrigée, il a outrepassé ses fonctions, balaya l'Amiral d'un revers de main. Bien entendu je vous élève au grade de Kommodore, ce qui comprends logement, équipe et serviteur dans le second cercle, dans un premier temps, je suis sur que vous saurez monter rapidement vers les plus hauts sommets, en me servant, ainsi que la Flotte.

Quintus est perdu, il ne sait que penser, devant lui l'Amiral le regarde avec un regard mielleux qui le dégoute, certes ce poste est unique mais il ne serait qu'un rémora de plus à la botte de cet homme, il deviendrait rapidement riche et redouté, mais pas dans le bon sens, malgré sa soi-disant grande expérience il ne l'a pas compris.

- Non, lâcha t'il avant même d'y penser. Le vieillard eut un sursaut de surprise.

- Comment osez-vous refuser mon ordre ? Hurla t'il méchamment.

- Ce n'est pas ma place, je suis historien comme mon père, je vais accepter la place que me propose mon souverain.

- C'est une grave erreur, dit sourdement le Grand-Amiral avec colère.

Alors qu'il va répondre la porte s'ouvre sur un Amiral, le jeune Lieutenant reconnu le Prytane aux affaires politiques, malgré le regard noir de son chef il vint lui parler à l'oreille, Quintus qui s'était levé pour le saluer vit le maitre de la Flotte arrondir les yeux, la nouvelle semble de taille.

- Vous pouvez disposer Lieutenant, nous en reparlerons, dit-il méchamment.

- Amiral, salua Quintus bien heureux de s'en
sortir si rapidement.

Jetant un regard en arrière ou les deux hommes
discutent violement en regardant par la large verrière
donnant sur l'Agora, il vit le Grand-Amiral appuyer
sur un bouton de sa console, pourtant aucune lumière
n'apparue sur le bureau de sa secrétaire, Quintus ne
put s'empêcher d'avoir un frisson dans le dos, mêlé à
un lourd présentiment. Voyant, avant que la porte ne
se referme, qu'il donne des instructions, il pressa le
pas, il doit sortir rapidement de l'Arsenal.

Un labyrinthe, c'est l'impression que ce bâtiment lui
donne, sans guide il ne retrouve pas le hall, passant du
premier et unique étage vers le rez-de-chaussée il se
perd dans les méandres de ces centaines de couloirs
identiques, parfois il lui semble entendre des pas
rapides derrière lui mais il évite de se retourner,
l'Amiral serait parfaitement capable de le faire
disparaitre, il n'est pas le premier qui ne quitterait
jamais l'Arsenal avant que les médias donnent de ses
funestes nouvelles, quand lors d'une lointaines
missions, l'intrus est décédé. Cette fois il est sûr, des
hommes le suivent, bien qu'ayant du mal à le trouver
dans ses contournements, ils vont vite arriver, le
souffle court Quintus accélère, que le *Primauguet* lui
manque soudain.

Alors qu'a un détour de porte il aperçoit un groupe
d'hoplites à l'air patibulaire, qui le montre du doigt, le
jeune homme se met à courir, quand passant dans un
lointain couloir désert ou il comprend rapidement
qu'il est perdu, un bras l'attrape avec force et le

pousse dans une antichambre. Regardant avec frayeur son agresseur il eut un mouvement de recul, avec un doux sourire, la princesse Marthe lui indique la porte opposée. Dans le couloir des bruits de pas lourds, des portes s'ouvrent avec violence, suivant son sauveur Quintus remarque qu'ils passent dans une vaste salle dorée, douze sièges sont installés autour d'une grande table ronde, le salon des Amiraux, le cœur de l'Arsenal. Sortant dans un autre couloir plus peuplé, les deux fuyards passe la foule au pas rapide, la jeune femme lui prends le bras et le force à marcher tranquillement, perdu dans la masse, ils deviennent invisibles lorsque les sbires arrivent avec fraquas dans la pièce.

Prenant avec assurance les divers couloirs et passages, la princesse amène Quintus vers sa destination, ils ont tranquillement contourné l'ennemi et se trouve de nouveau dans le salon, sous les riches dorures et argenteries provenant du monde entier. Marthe se dirige vers le blason de sa famille en or massif qui tient tout un pan de mur et presse un détail du décor. Sous le regard surpris du Lieutenant une porte pivote sur le coté du mur, laissant le passage, poussant l'homme dedans elle referme prestement la lourde porte de marbre quand les soldats entrent pour contrôler la pièce.

     -   Ce passage est connu des seuls membres de la Famille royale, les Seigneurs de la Mer ont toujours voulu garder un œil sur les Amiraux.

     -   Je n'en suis pas étonné, répondit Quintus en admirant la confortable installation et surtout la grande et magnifique verrière sans teint donnant sur le salon, c'est le passage Gris du palais à l'Arsenal ?

- Non, c'est un autre, plus secret, vous connaissez le passage Gris ?

- Ce n'est plus vraiment un secret, c'est même logique, le Seigneur de la Mer doit bien passer quelque part pour voir ses Amiraux, sans traverser l'Agora.

- Suivez-moi, répondit Marthe avec un sourire.

La princesse lui fit prendre une porte forte à l'opposé de la verrière, parcourant un long et triste souterrain, ils traversèrent la place et arrivèrent au Palais d'Or sans encombre, Quintus remarqua que les lieux sont propres et sûrement utilisés régulièrement, de nombreuses traces de pas sillonnent le sol, arrivant derrière une nouvelle porte bien épaisse, Marthe se tourna vers son hôte et lui dit doucement.

- Ne soyez pas surpris, nous ne faisons que passer.

Poussant l'obstacle, ils arrivent dans un salon privé et agréable, du moins le fût-il un jour, les fenêtres sont closes, la lumière au minimum et ont voit que la présence humaine se fait rare, cela sent l'abandon et la solitude. Sortant de la pièce, Quintus retint une exclamation, ce couloir, les appartements privés du Seigneur Théophile ! Mais pire encore au centre de la coursive sombre une silhouette est présente, droite et honorable.

16

Transit par ce regard triste et sévère, Quintus se courbe le plus possible devant la Princesse Souveraine de Mérée qui lui rend un faible sourire. Bien que vivant au coté de son mari depuis des années et ne sortant quasiment plus du palais, la Princesse Honorine garde une noblesse et une beauté incroyable que les ans n'ont pas effacées.

- ~ Relevez-vous mon ami.

- ~ Votre Majesté, je suis désolé d'avoir troublé votre retraite.

- ~ Ce n'est rien, c'est moi qui ai demandé à ma fille de bien vouloir vous quérir, je connais bien Firmin, il vous aurait retenu.

- ~ Sache mère, que notre ami ici présent a refusé une offre des plus attrayante.

- ~ La Couronne est bien plus importante que ce que peut proposer l'Arsenal, indiqua modestement Quintus avant de rajouter, pour tout Méréen.

- ~ Je vois en vous bien des qualités de vos parents, que j'affectionnais beaucoup, permettez-moi de vous donner ceci au nom de mon époux.

A la grande surprise de Quintus, la Princesse lui tendit une broche, un rond de corail rouge et or, l'Ordre du

Corail étant la principale distinction du royaume exclusivement attribuée par le Seigneur de la Mer.

- Votre Majesté, je ne peux accepter, c'est …

- Vous avez sauvé la vie de mon fil, protégé le royaume, vous ferez au grand chevalier.

- Bien, Votre Grâce, s'inclina Quintus.

- Retirez vous maintenant, le médecin doit arriver pour le traitement de mon époux, indiqua avec amertume la Souveraine.

- Votre Majesté, salua avec empressement le Lieutenant.

- Mère, je peux peut-être venir ? Interrogea Marthe avec inquiétude.

- Non, je ne souhaite pas que tu voies ton père dans cet état, je préfère que vous ayez une image plus agréable de lui. Allez.

Laissant la Princesse retourner au chevet du Seigneur Théophile, les deux jeunes gens quittèrent l'aile seigneuriale, Gustave les attends dans son salon d'apparat ou il les reçoit avec amitié.

- Je crains qu'il soit nécessaire d'accélérer nos projets, indiqua Marthe en entrant.

- Oui, Quintus vous allez devoir partir plus rapidement que prévu. Marius, faite entrer je vous prie.

Le chambellan fit alors venir un homme âgé que Quintus reconnu comme le grand héros de guerre, ancien Capitaine du cuirassé *Lorraine* durant des années, Urbain Gam. L'homme salua les Altesses royales puis scruta Quintus, s'arrêtant un moment sur la broche de corail, enfin il le salua. Le Capitaine arbore une magnifique barbe blanche et courte, un visage ridé marquant ses soixante-dix années passées, ainsi qu'un corps replet.

- Vous devez être mon Officier en second, ravi de vous rencontrer.

- Capitaine Gam, c'est moi qui suis honoré, vous êtes une légende.

- Vous semblez perturbé Capitaine ? Demanda Marthe.

- Certes votre Grâce, c'est la cohue à l'Ecclésia, lorsque je suis passé des cris parcouraient le courant, il semble qu'une motion est été ajouté par le Proèdre de séance sur l'organisation d'une nouvelle Désignation. Mais la proposition à été retiré par la Prytane chargée de la vie politique juste avant le vote, ce qui a crée des remous dans l'assemblée, presque une révolte, la Garde a été envoyée.

- C'est ton œuvre, mon frère ? Demanda Marthe qui voyait depuis un moment le Dauphin sourire en faux.

- Oui, j'ai pensé qu'il serait bon que l'Amiral ai autre chose en tête que notre ami, je ne pensais pas que ce serais aussi avancé, je dois dire.

- Bien, vous partez demain, je vous ai organisé un départ sur le destroyer *Volta* qui doit rejoindre son escadre près du Point Zéro, indiqua Marthe.

- Quintus, vous allez quitter le palais immédiatement, l'Amiral vous recherche, vous embarquez de suite, mais évitez de quitter le navire tant qu'il est dans la capitale, lui ordonna le Dauphin.

- Ou est-il ? interrogea Quintus, déjà près au départ.

- Sur l'embarcadère du palais, il embarque du matériel, l'Amirauté utilise nos anciennes installations scientifiques comme dépôt, je vais vous y mener.

- Votre Altesse ! S'étonna le Capitaine, ce n'est pas honorable, vous avez un chambellan pour ça !

- Certes, mais outre que Marius est occupé je tiens à montrer ce lieu à Quintus, nous ne sommes plus aussi réducteur Capitaine. Répondit Gustave avec un sourire indulgent.

- Oui, certes, je vous suis alors.

Laissant Marthe à ses affaires, le trio quitta le salon pour descendre dans les méandres du palais. Comme tous les bâtiments de la capitale le palais s'enfonce dans la masse de granit volcanique qui le soutien. Ailleurs, dans les anneaux, ce serait même un quartier distinct du haut, des zones plus retirées et pauvres, mais le palais royal, tout comme l'Arsenal, utilise les profondeurs en un seul bloc. Suivant un large escalier, bordant des ascenseurs, ils croisèrent les quartiers des domestiques du palais et leurs communs, enfin ils déboulèrent dans un secteur plus moderne, les locaux de l'Académie des Sciences et les traversant ils entrèrent dans un vaste espace couvrant toute la surface du palais et donnant sur l'extérieur par de larges ouvertures refermables par d'épais ventaux. Quintus regarde cet endroit avec stupeur.

- Je connais ce lieu ! Je me souviens de ces rails, ces grues.

- Je m'en doute, nous sommes dans l'ancien domaine de votre mère.

- Il y avait un navire énorme au fond là ! Je ne me souviens pas de son nom mais elle en parlait comme de son plus grand projet.

- En effet, j'ai passé beaucoup de temps ici, a regarder les ingénieurs travailler, je pense même que nous nous sommes croisés deux ou trois fois, avoua Gustave.

- Le destroyer est là, coupa le Capitaine.

Amarré au dock principal, le *Volta* attend patiemment son départ, habituellement les petites unités restent dans le premier cercle, mais l'Amirauté utilise cet espace laissé vacant pour stocker les matériaux de construction des bases et les munitions des porte-aquanefs. Ses cent-trente mètres de long sont répartis agréablement sur ses magnifiques lignes, derrière sa passerelle ronde se tiennent les deux cheminées courtes tandis qu'a la proue et la poupe ses tourelles doubles sont sages et droites. Destroyer le plus moderne parmi ceux de la flotte Méréenne, le *Volta* est rattaché à la Cinquième Escadre, celle du porte-aquanef *Avenger* et doit le rejoindre dans le Passage pour lui fournir des munitions et du ravitaillement. Sa Capitaine attend sur le quai les trois hommes qui approchent.

- Altesse, Capitaine Gam, Lieutenant Far, je vous souhaite la bienvenue sur mon navire.

- Capitaine Apolline Hon, je vous remercie de votre disponibilité, indiqua le prince en la saluant.

- Ce n'est rien, si Marthe le demande, j'ai eu la chance de servir avec elle.

Sur ces entrefaites, les deux marins s'installèrent à bord, l'embarquement doit durer encore une journée puis le départ sera ordonné, le prince est retourné à ses affaires et Quintus doit rester sur le navire sans être vu. En fin de journée il décida pourtant de sortir sur le quai presque désert, il veut revoir ce lieu empreins de l'expérience de sa mère, alors qu'il marche lentement entre les caisses, il entend des voix murmurer dans un coin de l'entrepôt, curieux il s'approche sans bruit et écoute.

- Nous étions d'accord ! Ce voyage ne devait pas arriver, dit une voix qu'il connait sans l'identifier à cette distance.

- Je sais, mais le prince nous a tous surpris.

- Il m'a promis …

- Je sais ce que le Grand-Amiral vous a promis, sa parole est d'or, vous devez saboter le navire pour qu'il ne parte pas.

- Mais c'est impossible, voyons ! Et il en choisirait un autre, et ce parvenu me suis souvent.

- Je vois, quand il faut agir les principes disparaissent, je croyais que vous vouliez servir l'ordre et votre royaume.

- Oui mais, pas comme ça.

- J'ai compris, je vais faire le nécessaire, croyez-moi ce navire n'est pas près de partir.

- Qu'allez-vous faire ? S'inquiéta la voix.

- Ce qui est utile à notre cause, déclara froidement la seconde voix, laissez-moi, faite le tour il ne faut pas que nous soyons vu ensemble.

Tandis que des bruits de pas s'éloigne, une nouvelle personne entra en lice, Quintus qui voulait suivre la première voix s'arrêta pour écouter de nouveau.

- Cet idiot nous lâche, je savais qu'il ne fallait pas lui faire confiance, l'Amiral Llod souhaite que vous agissiez, il prépare la Flotte.

- Oui, Ephore, je vais agir pour Atlantis, dire que cet abruti pense servir le Grand-Amiral.

- Du bruit ! Partons. S'exclama la troisième voix.

Le jeune homme resta transi de surprise, un agent double, au palais et un espion sur le *Volta*, enfin un agent Atlante dans la capitale, il doit prévenir le prince. Parcourant en sens inverse son chemin il arriva rapidement sur la passerelle du destroyer ou il remarque le Capitaine Gam, quand entendant un bruit il se tourna sur le Lieutenant Diam arrivant du chemin principal, sur son visage s'affiche le désarroi, il semble perturbé et regarde souvent en arrière, son regard se fixe sur Quintus avec surprise.

- Lieutenant, salua Quintus, je suis content de vous voir.

17

Se reprenant rapidement l'aide de camp se recentra sur sa visite.

- Oui, oui en effet, je venais … vous voir.

- Vous vous sentez bien ? S'inquiéta Quintus.

- Oui, je voulais vous remercier, pour Gustave, je veux dire pour le prince.

- Me remercier ? Pourquoi je n'ai rien fait d'extraordinaire, c'est plutôt lui qui m'encourage.

- Certes, mais vous êtes un véritable ami, sachez que bien que totalement dévoué, je n'ai jamais pu lui apporter cela, il a besoin d'une épaule plus jeune pour le soutenir et je pense qu'il vous accepte en cela.

- Je ne sais quoi dire, avoua Quintus perdu.

- Vous avez ma confiance et surtout la sienne, je voulais juste vous remercier pour ça. Je dois vous quitter, le devoir m'appelle.

Laissé sur place par ce mystérieux bonhomme sans qu'il ne puisse dire plus, Quintus resta interdit. Le lendemain fut plus mouvementé, encore occupé à se préparer dans sa cabine, le jeune homme fut tiré de celle-ci par le sifflet de bord, le Capitaine Hon ordonnant l'embarquement et le départ bien plus tôt que prévu. Se rendant sur la passerelle à sa demande, Quintus trouva une Capitaine perturbé mais maitre de son navire, sur le pont les marins détachent les amarres tandis que le pilote prépare le désamorçage de l'amarre magnétique, le Capitaine Gam est également présent à coté de la barre, plongé dans ses pensées il n'a pas remarqué son second entrer.

Se dirigeant vers la Capitaine du *Volta*, Quintus l'interrogea du regard, du moins ses yeux devaient parler pour lui, car Apolline lui dit avant qu'il ne parle.

- J'ai reçu un ordre du Dauphin. Départ immédiat quelle que soit la situation.

- La situation ? Je ne comprends pas.

- Ordre amiral, pas de discussion.

Détaché du quai, le destroyer glissa dans les flots, se dirigeant vers l'un des accès ouverts sur le cercle intérieur, ce bâtiment est vraiment magnifique pensa Quintus. Il avance en douceur, quittant l'entrepôt, ses passagers pouvant voir les merveilleux coraux tapissant les fonds de la capitale, le navire pris de la hauteur et passa les tourelles, bloquant de chaque côté, l'entrée des espaces privés du Palais d'Or et de l'Arsenal. Arrivé au quai principal et carrefour central, devant leurs yeux apparurent les puissants cuirassés de la Flotte Méréenne, le long du quai central du second cercle, les mastodontes de métal laissent voir leur puissante artillerie, le *Strasbourg*, le *Dunkerque*, la *Lorraine* et la *Provence* sont présent. Leurs croiseurs d'escorte les suivent dans le chenal, le *Bolzano*, le *Zara*, le *Dupleix* et enfin le *Gorizia* récemment arrivé pour remplacer l'*Algérie* au sein de la Première Escadre. Continuant vers le Grand-Canal le *Volta* croisa le *Trento*, de la Cinquième Escadre assurant la liaison pour le porte-aquanefs *Ark Royal* en rade de la capitale. Le fleuron de la Flotte ou sert son frère, Quintus n'a pas pu lui parler et lui expliquer son retard, ils devaient enfin discuter mais sa fuite a reculée cette échéance.

Alors qu'ils passent devant la Première Escadre et ses cuirassés, Quintus remarqua que le Capitaine Gam n'a pas eu la moindre réaction devant son ancien navire, il sait que l'Amirauté le lui a retiré pour d'obscures raisons et qu'il devait prendre la direction de l'Académie de Marine, poste certes très honorable, mais pour un grand marin comme lui, qui a plus des airs de mise au placard. S'approchant doucement le jeune homme remarqua qu'en réalité l'ancien maitre du *Lorraine* est crispé, son regard reste braqué sur le cuirassé et sur sa passerelle ou son remplaçant doit être présent, son ancien Officier en second.

- Il est magnifique, tout de même, lança doucement le Lieutenant.

- Hum, oui, en effet, c'est un bon navire, je vais dans mes quartiers, je me sens las. Répondit le Capitaine dans un grognement, il quitta la passerelle, non sans regarder attentivement le *Strasbourg*.

- Je le comprends, c'est dur de quitter son navire, intervint Apolline qui a suivit la discussion de son siège.

Laissant la manœuvre à son Officier en second, le Capitaine du *Volta* regarde le journal virtuel du jour. Faisant défiler les pages d'un geste rapide, elle se tourna vers son passager et lui dit.

- Dans tous les cas vous avez été rétrogradé en seconde page, l'affaire de l'Agora est en une.

- Ce ne me gêne vraiment pas, avoua Quintus, que disent t'ils encore ?

- Hum, rien de bon, juste que vous avez été reçu par le Grand-Amiral est que celui-ci vous a proposé un poste d'avenir que vous envisagez sérieusement et pour lequel vous êtes reconnaissant.

- Mais c'est faux ! S'insurgea Quintus.

- Évidemment, c'est de la communication de base de l'Arsenal, ajouta négligemment la Capitaine en regardant les pages suivantes, tout en jetant un œil distrait aux manœuvres. Informez le Britannic que nous sommes prioritaire, indiqua t'elle à son officier communication.

- C'est du n'importe quoi, ils n'ont pas le droit de mentir de la sorte, continua Quintus en regardant rapidement le magnifique navire de croisière blanc, jumeaux du bâtiment Atlante Titanic.

- Par contre, vous avez détrôné le Capitaine de l'*Ark Royal* du classement Rumeurs d'Amour, il vous en sera gré, depuis le temps que cette satanée Daphnée Ion le pourchasse en le casant avec n'importe qui.

- Quoi ? C'est quoi ça Rumeurs d'Amour ?

- Le classement des plus beaux partis du royaume, mon cher.

- C'est complètement idiot, elle dit n'importe quoi.

- Cela fait deux officiers du classement sur ce porte-aquanef, je commence à me demander si je ne vais pas demander mon transfert, Capitaine. Intervint en riant l'officier ingénieur, une jeune femme blonde.

- Mon frère travaille sur l'*Ark Royal*, dit négligemment Quintus.

- Vous avez un frère ? Je l'ignorais, demanda Apolline.

- Mon demi-frère en vérité, Théophile est chef d'escadrille.

- Théophile ? Oms ? Le quatrième ? Demanda le Lieutenant, avant de voir l'air interrogatif de Quintus.

- Quatrième dans le classement, bien-sûr. Il est beau comme un dieu il faut dire, ajouta la

Capitaine Hon. Le prince et sa sœur occupe toujours les premières places. C'est la rançon du succès.

- Je m'en passe vraiment bien, je suis content de partir. Et de toute façon mon frère est pris.

- Ne croyez pas que cette peste va vous oublier, lorsque je suis devenue Capitaine elle a décidé de faire de moi son égérie de l'année.

- Et alors ? S'inquiéta le jeune officier.

- Elle a répandu toutes sortes de liaison avec tous les hommes attrayants qu'elle a pu imaginer, l'important pour elle est de vendre ses histoires, le reste elle s'en fiche, il a fallu que mon mari la menace d'une action devant l'Héliée pour qu'elle nous laisse enfin tranquille.

- Merveilleux, conclu Quintus.

Ayant contourné la cité, le *Volta* s'engage lentement dans le large tunnel opposé à l'accès principal de la ville, traversant le glacis de forteresses qui en garde l'entrée, le destroyer entra dans un monde obscur qui fit frissonner Quintus. Tandis que les lumières intérieures s'illuminent de concert avec les spots éclairant le chemin, le jeune homme pensa à la longue traversée dans l'obscurité qui les attends. Ce second passage est le moins emprunté, il faut dire qu'il court sur des kilomètres et traverse ce que Ceux-d'en-Haut appellent le Péloponnèse, débouchant dans la mer brisée. De là le navire doit descendre vers le Passage, la mer rouge pour les Terriens, et enfin rejoindre son escadre et son navire amiral, l'*Avenger*, avec semble-t-il un large détour pour déposer les deux passagers, les dieux savent ou.

Tandis que le jeune homme regarde en silence les villages troglodytes bordant le tunnel, des maisons de mineurs en majorité. Un bruit puissant retenti en aval, un bruit sourd de métal, ce son que tout Méréen crains d'entendre, car il ne sonne qu'en une seule occasion, le gong est placé sur le toit du Palais d'Or et n'est utilisable que par l'Archonte du palais. Sa dernière utilisation remonte à bien plus de trente années, il est si puissant et bien disposé qu'il se dit que même les Terriens doivent l'entendre. Se tournant vers le reste de l'équipage Quintus annonce l'évidence.

- Funeste !

- Non ! Dit le Capitaine en se couvrant le visage.

Soudain, tous les communicateurs s'activèrent en même temps, le pod central du navire s'alluma en laissant apparaitre un présentateur vedette ayant une mine de circonstance.

- Mesdames et messieurs, Marins du royaume, comme vous l'avez entendu, Funeste a retenti en ce jour. Une communication du palais nous informe que ce matin, le Seigneur de la Mer a rejoint le domaine d'Hadès, puisse le Juste le recevoir dignement. Le Seigneur Théophile XII est mort, longue vie au Seigneur Gustave III ! Tous de suite un reportage sur le règne et la vie de Théophile XII.

-   Quelle horreur ! Nous devons faire demi-tour, indiqua Quintus.

-   Non, ordonna Apolline avec fermeté, le prin.., le Seigneur Gustave a dit : quelle que soit la situation. Pilote, en avant toute !

-   Oui, Capitaine, indiqua le Lieutenant fébrile.

18

- Je n'arrive pas à y croire, dit tristement le jeune homme.

- Il était très malade, c'était inévitable, Marthe doit être mortifiée.

- C'est sûr, je pense surtout à la Princesse Honorine.

- Et en plus Marthe va devoir quitter ses fonctions d'Archonte du palais, sans héritier, elle est désormais Dauphine du royaume.

- Je n'y avais pas pensé, je crois que nous allons avoir un problème, coupa soudain Quintus en regardant droit devant.

Face au *Volta* se dresse la citadelle Calypso, véritable verrou du Tunnel, en période de deuil royal, les Méréens doivent cesser leurs activités pour honorer la mémoire du Souverain, au moins les premiers jours après le décès. Les gardes ne laisseront jamais passer le destroyer. Tandis que le navire ralenti sa course, l'épaisse porte blindé s'ouvre doucement, la forteresse est bardée de canons dans une grande cour ronde donnant sur les deux portes, cherchant quoi dire au Kommodore de la citadelle, le Capitaine Hom se vit coupé en plein vol par les communicateurs.

- Mesdames et messieurs, le Palais d'Or nous a fait parvenir une information de dernière minute, sur ordre du Seigneur de la Mer, les Première et Quatrième Escadres sont envoyées au Détroit en urgence, les Seconde et Cinquième Escadres doivent se tenir en alerte au Passage dans les plus brefs délais, les permissions sont suspendues. Les bâtiments en détachement doivent rejoindre leur Escadres rapidement. Nous pouvons dire que notre Souverain a pris la situation en main, notre sécurité est primordiale et nous sommes certain d'en disposer, conclu le journaliste d'un air grave.

- Et bien voilà la solution, l'Amiral Suprême à ordonné, envoyez un message à la citadelle, nous devons rejoindre l'*Avenger*, qu'ils nous ouvrent et informent les autres postes sur notre route ! Déclara le Capitaine.

Le reste de la traversé fut paisible, il règne à bord une ambiance lourde, le vent du changement à touché chacun et tous restent pensif quant à l'avenir. Quintus est de ceux-ci, pourtant il ne peut oublier la dernière image de la capitale, un reportage sur les visites funèbres au Palais d'Or, lors des premières ouvertures de la chambre mortuaire, le Grand-Amiral apparu sur l'écran virtuel, mais même en image, il est évident qu'il a totalement perdu de sa superbe, son regard est vide devant le corps drapé, tout son pouvoir à disparu avec cet homme. Un nouveau Seigneur de la Mer est le pire scénario pour son système, les institutions reprennent leurs cours normaux de leurs vies, le premier édit royal de Gustave III étant d'ordonner le renvoi des magistrats dès la fin du deuil mensuel et d'organiser une nouvelle Désignation, les appels à candidatures sont donc ouverts, les Amiraux rendront leurs fonctions aux civils mais surtout vont devoir faire un rapport complet de leur travail devant l'Héliée, le Tribunal du Peuple.

Le plus chamboulé fut surement le Capitaine Gam, dès la fin de la communication, il entra en trombe sur la passerelle, demanda si tous avaient eu le même message, il semble totalement perdu et murmure des mots incompréhensibles, que ce n'est pas possible, que la mission doit être annulée pour respecter la tradition. Il resta plusieurs jours dans sa cabine, refusant d'en sortir même pour les invitations à la table des officiers, comprenant sa tristesse, il fut décidé de le laisser faire son travail de deuil, après tout il reste un vieil homme mit devant la fin précoce d'un proche, plus ou moins.

Le *Volta* à changé de cap, laissant le Péloponnèse derrière lui, ses ordres sont de rejoindre un chasseur près de la cité de Dardanelles qui embarquera ses passagers pour le Point Zéro, le destroyer continuera alors son chemin pour le Passage et son Escadre. Quitter le cadre paisible de ce magnifique navire est navrant, mais l'aventure continu et il reste impatient de voir le navire de recherche tant vanté par le prince. Une fois le quai de la vénérable cité atteint, nommé selon le détroit qu'elle garde, là-haut, ils saluèrent l'équipage et le Capitaine du navire pour embarquer sur le *Chasseur 1*. Un mignon, mais redoutable, petit navire de quarante-huit mètres. Ces bâtiments doubles, avec son jumeaux le *Chasseur 4*, ont donnés bien des soucis aux ingénieurs Mérécns qui ne comprenaient pas leurs utilités, ce fut par hasard qu'ils firent le lien entre les bombes sous-marines et les tubes d'aciers des Terriens. Pour autant ce sont de beaux petits guerriers, bien utile pour les missions discrètes, l'Amirauté les ayant oubliés, le Dauphin les a récupérés pour l'Académie des Sciences, du moins officiellement. Avec ses vingt nœuds la traversé fut lente, d'autant plus que le Capitaine du navire les informa que la situation en surface est agitée, les Terriens semblent en situation de guerre sur ce qu'ils appellent la Mer noire.

Pour le royaume, ce n'est qu'une province reculée, peu de Marins vivent ici, il faut dire que la majorité du territoire aquatique n'est pas viable, lorsque la barrière naturelle qui ferme cette mer a rompu bien des millénaires auparavant, les eaux douces et salées ne se sont pas véritablement mélangées, aussi les profondeurs de cette mer fermée sont mortelles, en deçà de deux-cents mètres les eaux sont rompu de dioxyde de carbone, mortel tant pour les Terriens que pour les Marins et toutes autres formes de vie marine. Seul avantage, sans oxygène, les épaves, les bâtiments submergés, sont aussi totalement préservées de la course du temps.

> - Nous entrons dans le premier tourbillon, celui de l'ouest, déclara le Capitaine répondant au prénom de Prosper. Récemment promu Capitaine il a reçu ce navire pour faire ses dents, comme disent les Capitaines entre eux.

> - Le tourbillon de l'ouest ? Demanda le Capitaine Gam.

- Cette mer est divisée en deux tourbillons marins qui provoquent de puissants courants, l'un à l'ouest et l'autre à l'est, ils permettent aux eaux de se rependre hors de la mer noire par des passages inconnus, tandis que le courant fait entrer un léger flux par le détroit.

- Exact Lieutenant, approuva le Capitaine du *Chasseur 1*, descendez à deux-cent-vingt mètres. Attention à l'accélération !

Quintus eut un frisson, sous ses yeux les eaux semblèrent devenir plus limpide, le navire gagna en vitesse tandis que le fond apparu. Plus un seul poisson, jusqu'à peu, ils étaient entourés de quelques espèces plutôt réduite mais désormais ils sont seuls. Même les éponges ne s'adaptent pas à ces lieux sinistres, par contre il pu admirer des demeures, des bâtiments intacts, comme lors de leur subversion par les eaux furieuses, chassant les habitants de leurs maisons dans un fracas intense. Quintus sait que ce fut une déferlante de Terriens, dont ses très lointains ancêtres, qui durent quitter ce qui était alors un vaste espace de lacs et de champs, dévoré par la fureur de Poséidon.

Tandis que le Capitaine ordonne de virer sur tribord, une large butte se dévoila devant eux, le Lieutenant remarqua alors que ce complexe en grande profondeur, caché par la vase, est en réalité un ensemble de bâtiment de métal, de larges cubes dont un grand hangar fermé par une épaisse porte coulissante. Sur une demande du *Chasseur 1*, celle-ci s'ouvrit lentement, dévoilant un large dock ou le navire s'installa. Sur recommandation de Prosper les invités durent attendre que la pièce soit viabilisée, de l'oxygène fusa de tuyères sur les cotés de la salle d'accostage. Malgré l'attente, Quintus ne vit pas le temps passer, devant ses yeux un vieux souvenir vient d'apparaitre. Plus petit que dans sa mémoire, un grand croiseur est à quai, parallèle au navire de transport, un bâtiment mythique dans la Flotte Méréenne. Voyant plus large, Quintus remarque qu'il se trouve en fait dans un autre hangar, de l'autre côté d'une immense paroi de verre blindé qui coupe le bâtiment en deux.

Sur ses ponts, des silhouettes d'ingénieurs s'activent, bien-sûr pensa le jeune homme, dans cette partie il n'y a pas d'oxygène tant que les portes sont ouvertes, d'ailleurs il semble que ce soit le bon moment pour sortir de la protection du *Chasseur 1*, sous la direction du Capitaine, les deux invités sortirent sans lâcher le croiseur des yeux.

- C'est notre navire ? Demanda Quintus avec fébrilité.

- Oui, le *Commandant Teste*, un porte-aquanef d'escorte, déclara le Capitaine Prosper avec un sourire devant l'émotion du jeune officier.

- Il est plutôt réduit pour un porte-aquanef, coupa le Capitaine Gam.

- Il sert aussi de base de recherche, intervint une voix puissante.

Devant la porte, un homme les attend, Quintus reconnu l'Amiral Casimir Do, Prytane à la Santé. Les trois officiers le saluèrent, très grand et fin dans son uniforme doré, cet homme d'environs la cinquantaine est peu connu parmi les dix Amiraux du royaume, il reste souvent discret, bien qu'il dispose d'un des principaux ministères.

> – Je suis ravi de vous recevoir à la base Point Zéro, messieurs. Ne soyez pas surpris Lieutenant Far.

> – Je … J'avoue l'être, monsieur.

> – Sachez que l'Amirauté est plus complexe qu'il n'y parait, nous ne sommes pas tous d'accord avec la politique du Grand-Amiral, il a certes la majorité, pour le moment, mais les choses changent vite.

> – Nous servons le royaume, tout en servant la science, je crois que nous avons fait le bon choix, dit alors le Capitaine Gam.

> – Certes, laissez moi vous présenter le maitre d'œuvre de cette mission, voici le Lieutenant Ilit, Ingénieur en chef du *Commandant Teste*.

> – Géraud ! S'exclama Quintus, avant de se rendre compte qu'il passait devant les deux officiers supérieurs. Il recula en s'excusant.

> – Capitaine, Lieutenant, votre navire vous attends, déclara l'Amiral, qui ne put éviter un rare sourire sur son visage ascétique.

Passant dans les couloirs de la base, Géraud expliqua les principales caractéristiques du *Teste*, tout en posant la main sur l'épaule de son ami.

Entrant enfin dans le vaste hangar, Quintus eut des étoiles dans les yeux, ce navire lui apporte tant de souvenirs, le grand projet de sa mère, le grand secret du Corp des Ingénieurs, abandonné par l'Amirauté qui n'en voyait pas l'utilité, le jeune homme ignorait que le navire avait survécu, grâce au prince et manifestement à Géraud. Laissé en arrière, les deux hommes purent discuter.

- Je travaillais avec votre formidable mère, j'étais son assistant, quand le Grand-Amiral a fermé la base du palais, j'ai été contacté par l'Amiral Do, pour le compte du prince. En tant que Prytane, il peut créer facilement des bases éloignées, et la mer noire est parfaite pour éviter les curieux, il faut dire que mourir étouffé ne semble pas être un projet de vie pour beaucoup.

- Pourquoi ne pas me l'avoir dit ?

- Je n'avais pas le droit, ce projet demande un secret absolu et puis je voulais voir par moi-même ce que vaut le fils d'Ada. Je ne suis pas trop déçu.

- Mais quand avez-vous trouvé le temps de finir ce navire ?

- Entre mes missions officielles, je venais ici lors de mes passages à terre, j'ai mis beaucoup de passion dans ce bâtiment, j'espère ne pas me tromper pour son commandement.

- Je ferrais ce qu'il sera le mieux pour lui, je crois bien qu'il est spécial en son genre et même unique.

- En effet, laissez moi vous présenter le M *Commandant Teste*.

19

Avec ses cent-soixante-sept mètres de long, le porte-aquanef est plus petit que le *Primauguet*, mais bien plus massif et largement plus haut, avec un maitre-baux de vingt-sept mètres, il est aussi plus large. Bien entendu, comparé aux deux porte-aquanefs de la Flotte il reste réduit. Quintus ne pu s'empêcher d'admirer sa silhouette des plus curieuse, avec son long pont et cette coupure en poupe pour l'accueil de son hangar principal. Le château est très à l'avant et son unique cheminée lui donne un air repu, perception soulignée par ses quatre ponts barrés de nombreux hublots. Sa passerelle court sur toute sa largeur avec ses oreilles longue et fine permettant une parfaite vue lors des manœuvres, tandis que sa proue est réduite. Regardant Géraud avec un grand sourire il finit par remarquer un détail.

- Au fait, Lieutenant Ilit ?

- Oui, j'ai du m'y résoudre, le Capitaine Gam n'accepte que des Lieutenants comme officiers supérieurs et le prince a insisté.

- Je vois.

- Et je ne compte pas laisser mon bébé dans d'autres mains pour son premier voyage, surtout celui-là, grogna Géraud dans sa barbe.

147

C'est avec un rictus que Quintus entra donc dans son nouveau foyer, il le perd rapidement tant les lieux sont magnifiques, tout est neuf, le bâtiment a été remanié de fond en comble avec un souci du détail incroyable, même le Capitaine semble surpris.

- Nous avons apporté des modifications sur sa silhouette, en plus de l'hydrodynamique.

- Combien de membre d'équipage ? Interrogea Quintus.

- Nous embarquons un peu plus de six-cent-cinquante personnes dont les scientifiques, la passerelle est par là, Capitaine.

Lorsqu'ils entrèrent sur la passerelle, traversant le sas de sécurité, ils furent accueillis par les principaux officiers du navire, chez les Marins le protocole est strict, la chaine de commandement est fixe. Un navire sous-marin compte huit officiers supérieurs, tout en haut viennent le Capitaine et son Officier en second, plus particulièrement chargé de la sécurité du navire et de la gestion de l'équipage, le numéro trois est l'officier artilleur ou aviation sur les porte-aquanefs, suivi par l'Ingénieur en chef, qui passe devant l'officier médical, enfin les officiers communication et d'Intendance ferment la marche.

- Je vous présente le Lieutenant Bertille Ave, officier artilleur, le Lieutenant Rodrigue Oc, Officier navigation et les Second-Lieutenants Sylvestre Dam et Giovanni Kom, communication et Intendance.

- Mais que faites vous là tous les deux ? S'étonna Quintus en reconnaissant ses deux acolytes du *Primauguet*.

- Ho, c'est moi qui les ai fait venir, j'ai croisé ces jeunes hommes à l'Arsenal et je me suis dit qu'il serait utile à mon équipage, vu leur, comment dire, … volontarisme, indiqua le Capitaine.

- Nous avons quitté la colonie le lendemain et essayés de vous trouver, nous étions en train de demander notre affectation sur votre navire, monsieur. Nous voulons servir avec vous ! Déclara avec fierté monsieur Kom.

- Oui enfin, l'officier responsable a perdu quelques écailles dans l'histoire, glissa le Capitaine en observant les écrans.

- Oui, en effet, dit honteux le Second-Lieutenant, il ne voulait rien nous dire, aussi.

- Vous étiez à l'Arsenal, Capitaine ? Demanda Géraud.

- Oui, je devais voir un point sur mon dossier au service des équipages, mon cadet est-elle à bord ? Demanda t'il en changeant de sujet.

- Oui, monsieur, elle vous attend dans vos quartiers, intervint Bertille.

Remerciant le Lieutenant, le Capitaine Gam laissa la passerelle à son second tandis que Géraud retourna à ses machines, Quintus se tourna et tomba nez à nez avec le Lieutenant Ave. Magnifique, c'est le premier mot qui passa dans son esprit, avec ses yeux noisette, ses cheveux blonds, sa peau d'une blancheur douce et cet air martial aussi effrayant qu'attirant.

- Je suis ravi de vous rencontrer, Lieutenant, j'espère que nous aurons de bonnes aventures, dit gêné le jeune homme.

- Sans doute, monsieur. Je dois inspecter les aquanefs, excusez-moi.

- Nous sommes contents de vous avoir trouvé, nous nous inquiétions de votre absence, cette base est formidable non, et le *Teste*, et le nouveau navire ?

- Doucement, qu'avez-vous fait depuis que je suis parti ? Calma l'officier en levant les mains devant leur ferveur.

- Nous avons été promus, tout les membres de l'équipage du *Primauguet*, sur ordre du Dauphin !

- Tous ? Incroyable.

- Non, sauf Elysée, il a été suspendu, c'était terrible, le Premier-Lieutenant lui est tombé dessus, on a entendu ses cris dans tout le navire, il lui a hurlé qu'il était la honte du monde médical et l'a renvoyé.

- Et Krump a été muté, dans la mer de la Petite Pointe, là il ne gênera plus personne, c'est un ordre direct du Grand-Amiral.

- Mais, quel autre navire ? Tiqua enfin Quintus.

- Là, Lieutenant, juste devant nous, indiqua Giovanni du doigt.

- Ouah ! Il est énorme ! C'est un croiseur ?

- Nous n'en savons rien, le Lieutenant Ilit dit qu'il n'est pas classifiable selon nos règles, il se nomme le *Moskva,* ils l'ont dupliqué il y a quelques mois.

- Incroyable, c'est le premier navire de guerre que nous dupliquons depuis des années ! Dit Quintus émerveillé.

S'approchant de la verrière, le jeune homme admira le navire en construction, en effet les parois sont sous les échafaudages, mais les structures ressortant semblent si curieuses aux yeux des Marins, des tubes mystérieux en lieu et place des tourelles, il faut croire que les Terriens se sont modernisés, pensa Quintus. Ayant rejoint Géraud à la salle des machines, le jeune officier débuta son apprentissage du fonctionnement du navire. Bien des jours furent nécessaires aux nouveaux officiers pour prendre leurs marques. Durant ce séjour ils apprirent que la Flotte du Détroit a rencontrée une force Atlante et l'a renvoyé dans les eaux Atlantiques, par contre les troupes du sud n'eurent pas droit à une visite de l'ennemi. Quintus ne pu s'empêcher de s'inquiéter pour son frère, mais les communications sont limitées au palais, Point Zéro reste une base secrète malgré l'ascension du Seigneur de la Mer.

Une semaine après leur arrivés, les cinq principaux officiers furent convoqués dans la salle de conférence, l'officier médical étant encore en chemin. C'est avec un message virtuel que le Seigneur Gustave leur donna l'ordre de mission général, rechercher toutes traces de l'histoire du Peuple de la Mer et des Méréens en priorité, trouver de nouveaux territoires dans les eaux inexplorés, cartographier les dites surfaces et essayer de trouver l'emplacement des anciennes possessions. Une fois les officiers renseignés, ils apprirent qu'ils devraient débuter leur recherche au sud, ce passage étant plus discret que le Détroit, le souverain préférant garder l'existence du *Commandant Teste* secrète. Une fois la conférence terminée, le Seigneur retint le Capitaine et son second. Quintus a toujours du mal à croire qu'il est désormais son souverain, engoncé dans son uniforme royal Gustave est majestueux, sur le bleu méréen il présente un entrelacs de coraux d'or, symbole de la monarchie, en lieu et place des algues des Amiraux, sur son épaule droite brille quatre perles sur la base d'algues et de coraux mélangé, sur son épaule gauche débouche l'écharpe d'or qui lui traverse le corps, signe de sa dignité de maitre de l'Ordre du Corail, enfin son col est doré et couvert de chaque coté de la couronne royale. D'ailleurs, outre cet uniforme qui n'est plus apparu depuis plus de vingt années, Gustave III arbore également la Couronne de Mérée, écrasant sa chevelure, un fin diadème d'or et de coraux cardinaux entoure sa tête avec en point d'orgue une magnifique et précieuse perle parfaite de la taille d'un œuf.

- Je vous ai envoyé votre programme de navigation, je sais qu'il n'est pas simple mais je veux que votre existence reste dans l'ombre. Par ailleurs votre escorte restera légère, je vous laisse les deux *Chasseurs*.

- Deux navires en escorte ! Mais votre Majesté, c'est trop peu, s'indigna le Capitaine.

- Je sais Capitaine Gam, mais l'Amirauté serait curieuse de voir ses navires vous accompagner, l'Amiral Ving vous trouvera en quelques secondes, son influence reste très présente.

- Je pense que le Lieutenant Ilit à prévu quelques défenses, ajouta Quintus.

- Certes, se rendit le Capitaine.

- Bien, votre mission secondaire est de retrouver les notes de Denis Far, je sais Quintus, j'aurais du vous en parler avant mais le secret total est utile. Vous commencerez par le site d'observation de Brest.

- Je ..., oui Votre Majesté.

- N'oubliez pas que vous représentez la Couronne et que tant le Grand-Amiral que les renseignements Atlantes vont vous rechercher. Si cette mission échoue, l'Amirauté sortira

vainqueur de notre lutte d'influence, je ne
l'accepte pas !

~ Oui, Votre Majesté.

Laissant le Seigneur de la Mer, les deux hommes
quittèrent la base pour revenir sur le navire, Quintus
remarqua que le Capitaine semble bouleversé par cette
entrevue, voir le Dauphin dans l'uniforme de son père
est manifestement un choc. Donnant les ordres de
départ le Capitaine retourna dans ses quartiers,
laissant l'accostage à son second.

20

Le *Commandant Teste* fend doucement les flots de la Mer Noire, de manière générale Quintus est satisfait de ses capacités, certes, ce n'est pas le plus rapide de la Flotte mais il fait son travail. Le *Chasseur 1* et le *Chasseur 4* l'entoure, protégeant ses flancs, le Capitaine est à son poste et contrôle les écrans, le Lieutenant Ilit entra pour faire son rapport.

- Capitaine, Lieutenant, je suis satisfait des machines du navire, nous tenons les engagements prévus. Je vais augmenter régulièrement la vitesse si vous le permettez.

- Bien, c'est parfait, dit lentement le Capitaine sans prendre vraiment garde à ses paroles, depuis leur départ il reste pensif.

- Vous nous aviez parlé de modifications par rapport à son état d'origine ? Qu'avez-vous prévu ? Demanda Quintus.

- Je dois dire que nous avions quelques problèmes de connaissances sur l'utilité de ce bâtiment, à priori il devait être réservé à la reconnaissance, ses engins devaient être récupérés par des grues.

- Ce devait être horriblement long ! Coupa Quintus.

- Certes, mais nous n'avons pas ce problème, donc j'ai démonté les grues et disposé en lieu et place des lances torpilles, double lanceur, nous disposons donc de quatre lanceurs pour la défense rapprochée.

- Je dois dire que le manque d'armement me gêne, intervint le Capitaine, nous n'avons que du cent millimètre à offrir en cas de tir et les aquanefs sont notre véritable bouclier en cas d'attaque, ce navire est faible.

- Je ne crois pas Capitaine, répondit Géraud offusqué par ces critiques, d'autant plus que j'ai prévu d'autres défenses et nous avons tout de même vingt-six engins, quatre escadrilles, ce n'est pas rien !

- Je confirme, Capitaine, intervint le Lieutenant Ave, mes pilotes sont parfaitement formés, et le compte de monsieur Ilit n'inclus pas les chasseurs qui peuvent être mis en œuvre en dix minutes. Nous transportons un total de trente-cinq aquanefs, dont une dizaine d'engins légers en stockage.

- Et je pense que notre équipage saura vous satisfaire en cas de combat, même si nous n'avons pas de gros calibre nous avons quand même une douzaine de pièces, c'est bien suffisant contre n'importe quel destroyer.

- Sans doute, se rendit le Capitaine Gam, je suis habitué à disposer d'une véritable artillerie, je dois m'adapter, voilà tout.

- Ou est-il ? Claqua une puissante voix.

- Qu'est-ce ? Demanda Quintus.

Une femme imposante déboula prestement sur la passerelle, à son col, Quintus reconnu le symbole des médecins et elle présente trois perles sur son épaule, ce doit donc être le Lieutenant Alida Pam, nouveau médecin en chef du *Teste,* qu'il n'a pas eu l'occasion de rencontrer, pensa t'il. De forte taille avec une longue chevelure brune en tresse et des écailles plutôt mate, le docteur Pam ne semble pas être un patricien facile, son regard bleu clair, presque vert se fixa sur Géraud.

- Vous voilà ! Lieutenant Ilit non ? Vous ne savez pas lire ? Je vous ai convoqué à l'infirmerie hier !

- Je … oui en effet, et alors ? Je ne suis pas convocable à la minute, madame, se crispa Géraud.

- Vous devez faire vos examens préliminaires, avant le départ ! Pas quand bon vous semble ! Je suis responsable de la santé de cet équipage et je n'ai pas l'habitude de ne pas faire mon devoir, en route !

- Mais, mais, je n'ai pas de temps à perdre avec ça, et d'abord je n'aime pas les examens, et pas confiance dans les médecins en général, sachez-le !

- Ecoutez moi bien vieux grincheux, s'énerva Alida, vous allez venir à l'infirmerie faire vos vaccins ou je vous y traine inconscient, dit-elle en montrant son dispositif à piqure.

- Quoi ! Capitaine !

- Hum, je crois que vous devriez écouter le docteur Pam, Lieutenant, elle sait se faire entendre, dit le Capitaine avec un mince sourire.

- C'est un comble ! Bien, allons-y et que ce ne dure pas plus de cinq minutes, après je m'en vais, j'ai un navire à faire tourner moi !

- Allons bon, passez devant.

Une fois le calme revenu sur la passerelle, Quintus se concentra sur les manœuvres, le porte-aquanef se dirige vers la passe Rouge, ou les Chasseurs l'abandonnèrent, un profond tunnel reliant la Méditerranée à la mer Rouge, avant cela ils doivent traverser la mer Brisée et le large espace les séparant de ce passage très utilisé par les navires commerciaux. Le Seigneur de la Mer leur ayant ordonné la discrétion un tel voyage est complexe, il y a de nombreux bâtiments tant civils que militaire dans ces eaux et ne pas être vu est difficile.

Heureusement, le Lieutenant Ave est aussi joli que compétente, réunissant ses pilotes elle su se montrer ferme dans le besoin de discrétion, l'officier aviation, le Premier-Lieutenant To, a rapidement pris des dispositions pour que le *Commandant Teste* soit presque invisible et surtout parfaitement informé des mouvements alentours. En cette nouvelle journée, l'Officier en second est d'ailleurs descendu sur le pont principal, laissant la passerelle au Capitaine Gam. Ici, autour de la cheminée centrale réside la principale force de frappe du navire, de chaque coté du conduit des machines, sous un dôme de membrane aquatique, sont disposés quatre catapultes à air comprimé, posées sur des rampes qui dépassent du plat-bord, elles permettent d'envoyer quatre aquanefs simultanément, une escadrille, et de les récupérer par le même moyen, grande différence avec le bâtiment original, Géraud a démonté le pont de poupe ou il a remplacé la grue par une autre rampe d'envoi plus petite pour les chasseurs.

Tandis qu'il essai de ne pas regarder le Lieutenant Ave donnant ses ordres de vol, Quintus jette un œil sur les aquanefs, ce sont ce que Ceux-d'en-Haut appellent des avions, ici des Loire 210, manifestement ils peuvent se poser sur le miroir, ils sont bien-sûr modifiés pour leurs missions actuelles, les « ailes » ne sont plus présente que sur une petite saillie permettant la tenue dans les courant sous-marins, et les moteurs sont aquatiques et plus performant que ce qu'ont connu ces engins, de même les roues ont disparues, ici sont disposées des rails pour accoster sur les catapultes. Ces modèles permettent d'emporter deux pilotes et un armement plus lourd que les chasseurs, plus petits, qui sont stockés dans le hangar de poupe ou une catapulte leur est dédiée.

Outre les pilotes de ces aquanefs, l'équipage du navire est augmenté d'une dizaine de chercheurs qui disposent d'un espace particulier, le laboratoire prenant une bonne part d'un des anciens espaces aviation au grand dam du Lieutenant Ave qui perd de la place pour ses pilotes. Ces scientifiques sont sous la responsabilité directe de Quintus et doivent œuvrer à la connaissance du monde Terrien et surtout découvrir les origines des Marins, la mission première du *Commandant Teste*.

Arrivant enfin aux portes de la mer rouge, le navire se heurta aux premières forteresses de ce passage obligé. Deuxième verrou du cœur du royaume, le Passage est aussi fermé que le Détroit et reste l'une des places les plus importante du pays. Dirigé par un Vice-Amiral, l'un des personnages les plus important de l'Arsenal, avec le Vice-Amiral commandant le Detroit et les cinq Vice-Amiraux d'Escadres. Cette province est un étroit chemin commercial, c'est aussi la porte de la mer de la pointe. Quintus reste sur ses gardes, hors la forte présence militaire qui vont les trahir rapidement, le jeune homme sait que son beau-père dirige cette région et préfère ne pas le rencontrer. Il lui a bien envoyé un visuel au palais royal pour le féliciter de sa promotion, ou il a bien entendu ajouté qu'il a toujours eu raison de croire en lui et en sa carrière, bien qu'elle soit imposée, mais s'il peut éviter de le voir ce sera plus agréable. Pourtant ce fut bien Gildas qui leur permit de traverser rapidement et en toute discrétion cette région critique, une fois le profond et long tunnel naturel qui permet de traverser de la Méditerranée à la mer Rouge, ils reçurent une autorisation spéciale du gouverneur afin de livraison de marchandises urgentes pour la Cinquième Escadre. Grace à ce laisser-passer, le porte-aquanef put traverser toutes les forteresses de cette mer hautement fréquentée tant en surface que sous ses eaux. Considéré comme croiseur de transport prioritaire, les postes de contrôle et les bâtiments de patrouilles les oublièrent rapidement.

Tandis qu'ils s'engagent dans les premières eaux de la mer de la pointe, après plusieurs jours de navigation complexe dû tant au nombre de navires que de par la particularité de cette mer à repousser les objets immergés, étant donné la forte salinité de cette région. La tension grandit rapidement au sein de l'équipage, cette province est divisée en trois zones aux contours flous, les contreforts de la mer rouge en comptant la Pointe jusqu'au iles lointaines au sud, sont territoires Méréen. La partie Est de la mer de la pointe puis de la Grande Ile à la Pointe, c'est le royaume Maori, entre ces deux espaces c'est la zone neutre, un lieu où les deux royaumes sont en concurrence et ou les tensions sont vives sur la souveraineté des lieux.

> - Capitaine, il serait utile de changer la feuille de route. Demanda Quintus. Capitaine ?

> - Mais ... il dort ? Interrogea Géraud.

De fait le Capitaine Gam est profondément endormie, un filet de bulles sort de sa bouche, avachie sur son large fauteuil, il est totalement plongé dans ses rêves.

- Que fait-on Lieutenant ? Je n'ai pas de cap, indiqua l'officier navigation.

- On le réveille, non ? Dit Géraud.

- Non, je vais consulter le Journal de bord, indiqua Quintus en s'avançant doucement vers le pupitre du Capitaine.

Alors qu'il tape les codes d'accès secret, le jeune Lieutenant eu un air de surprise.

- Mais, il est vide !

21

- Comment ça vide ? Il ne note pas le cap et tout le reste ? C'est obligatoire, c'est le Journal de bord du Capitaine, grogna Géraud en s'approchant.

- Non, il n'y a rien, aucunes entrées depuis le départ du navire.

- C'est impensable, comment il fait pour faire son rapport ? intervint Bertille.

- J'ai bien une idée, mais c'est plutôt antique, avoua l'Officier en second.

Ouvrant une nouvelle interface, il sélectionna le mode manuel, des fichiers apparurent sur l'écran, écrite à la main les pages du Journal défilèrent sous leur yeux ébahis.

- Vous voulez lire l'ensemble ? Quand vous dite antique je dis dépassé, pourquoi n'utilise t'il pas le mode automatique ?

- Il doit être habitué comme ça, heureusement je connais la direction.

- Heureusement en effet, dit Géraud avec un regard outré sur le Capitaine qui se mit à ronfler doucement.

- Pilote, en avant toute, cap sud-ouest.

- Oui, Lieutenant.

- Mais nous allons longer les cotes ? Demanda le Second-Lieutenant Dam avec inquiétude.

- Vous voulez éviter les routes commerciales, dit simplement Bertille.

- Exact, nous devons être discret et nos confrères n'iront pas si prêt des Terriens.

Tandis que le navire court doucement sur sa route, Quintus remarque que son officier communication grimace régulièrement. Laissant cela pour se concentrer sur les manœuvres, ils doivent rester conscient de la présence terrienne en surface, certains navires pouvant les voir dans ces eaux plus claires, il ne peut cependant manquer les grognements, certes léger, du Second-Lieutenant devant sa console. Quittant sa place il rejoint donc discrètement l'officier Dam.

- Qu'avez-vous monsieur Dam ? Je vous sens tendu.

- Non, Lieutenant, ce n'est rien, surement une erreur, ce navire doit être rodé.

- C'est-à-dire ? Des problèmes de fonctionnement ?

- Je ne sais pas, j'ai parfois une trace sur mon écran, une présence mais elle disparait, sans doute un souci technique, je vais le signaler aux ingénieurs.

- Bien, tenez-moi au courant.

Sylvestre accepta d'un mouvement de tête, derrière eux le Capitaine bouge doucement, il se réveille de sa sieste.

- Grmll, monsieur Bo, au rapport, ou sommes-nous ? Demanda le Capitaine encore vaseux.

Personne ne répondant, le Capitaine se mit en colère.

- He bien Lieutenant ! Vous êtes devenu sourd ?

- Bo ? Le Capitaine Bo ? Du cuirassé *Lorraine* ? Demanda Bertille.

- Sûrement, c'était son Officier en second, Indiqua Quintus. Capitaine, C'est Far, Quintus Far, vous êtes sur le *Commandant Teste*.

- Far ? *Teste* ? ah oui, je vois, que se passe-t-il ?

- Rien à signaler, Monsieur.

- Bien, quelle route tenons-nous ?

- Nous longeons les côtes de la Grande Pointe, Capitaine, j'ai pris la trajectoire que nous avions prévu.

- Les côtes ? Je n'apprécie pas cela, c'est trop près des Terriens, pilote, prenez le cap sud est ! Direction Chagos.

- Mais Capitaine, nous avions prévu de prendre cette route pour éviter de rencontrer des bâtiments Méréens, personne ne passe ici, c'est plus discret.

- Je ne veux pas de cette route et encore moins de contestation, je suis le Capitaine de ce vaisseau !

- Mais …

- C'est un ordre ! Je ne me souviens pas de cette décision, pilote en avant toute, je veux rejoindre la pleine mer avant une heure.

- Oui, Capitaine.

- Capitaine, le navire est en rodage, il faut … intervint Géraud brusquement.

- Ce suffit ! Lieutenant Ilit, si vous n'êtes pas capable de faire tourner ces machines trouvez quelqu'un qui saura répondre à mes désirs.

- Capitaine Gam, le Seigneur de la Mer a demandé à ce que nous évitions les villes, nous devons être discret, pas passer sur les routes commerciales.

- Je …, le Seigneur n'est pas ici, nous sommes trop près des côtes, nous virerons plus tard vers l'Espérance, repris le Capitaine après a voir pali au titre du monarque. Tenez le cap ! la passerelle est à vous.

- Merci, Capitaine, se rendit Quintus.

Tandis que le Capitaine Gam sort abruptement sous le regard surpris de Géraud, qui se mit à travailler frénétiquement en grommelant sur sa console, Quintus pris son commandement. Soudain Sylvestre lui fit un geste. Avant de venir, Quintus se tourna vers Bertille.

- Lieutenant, je veux une escadrille de patrouille sur notre trajectoire en permanence, autant savoir à l'avance ce qui nous attends.

- J'envoie trois chasseurs par rotation, je propose un rayon de huit kilomètres, Lieutenant.

- Oui, Second-Lieutenant ? Demanda Quintus après avoir approuvé de la tête.

- Monsieur, nous sommes suivis.

- Comment cela ? Vous disiez qu'il y avait un souci technique.

- Non, j'ai modifié les paramètres et découvert deux balises, l'une très faible et l'autre inactive.

Après un moment de réflexion, durant lesquels il regarda passer les aquanefs devant eux qui prennent leurs essors, il regarda les points intermittents sur l'écran de son officier.

- C'est incroyable, vous avez modifié le système informatique ? Qu'est-ce ?

- Le premier fait parti de notre flotte, c'est celui-ci, un signal faible qui indique qu'ils ont coupé leur balise. Le second je ne sais pas, je n'ai jamais vu cet écho.

- Géraud ! Appela l'Officier en second.

- Oui ?

- Nous avons des invités, je préconise d'envoyer une sonde ou une patrouille pour vérifier ce que c'est.

- Hum, avec le mal qu'ils semblent se donner pour être invisible ce serait dommage de les ennuyer, en tout cas l'un d'eux est très lent, le second plus vif, surement un destroyer.

- Comment fait-il pour nous suivre à cette distance ?

- Il est plus utile de les laisser faire puis de frapper au bon moment, indiqua Bertille à qui manifestement rien n'échappe.

- Oui, je suis d'accord, suivez leur signal Sylvestre.

Tandis que le *Commandant Teste* glisse sous les eaux de l'océan Indien, la passerelle reste tendue, Quintus sait qu'ils peuvent croiser n'importe quel navire de la Flotte et être déclaré à l'Arsenal, la réussite de cette mission est primordiale dans le jeu de pouvoir entre le Palais d'Or et le Grand-Amiral. Soudain alors qu'ils marchent à pleine vitesse au centre du vide aquatique entre la cote somalienne et le lointain Archipel des Chagos, Bertille déclara.

- Aquanefs sur tribord Lieutenant !

- Quel indicatif ?

- Mes pilotes m'indiquent qu'ils viennent de la Cinquième Escadre.

- La murène de garde du Grand-Amiral ! Dit doucement Géraud, on ne pouvait pas plus mal tomber.

- C'est peut-être juste une patrouille, ils ne font que passer, la Cinquième est stationnée à Chagos, proposa Bertille.

- Demandez au Capitaine de venir sur la passerelle ! Indiqua Quintus. La barre à tribord, prenez le cap nord est ! Ils doivent nous prendre pour un transport quelconque.

Le Capitaine Gam arriva tranquillement accompagné d'une femme que l'officier à évité au maximum tant elle est agaçante, Quintus ne put retenir un rictus en voyant Roseline Lia, chef d'expédition, officier scientifique et maitre de conférences de l'Académie des Sciences. Un sentiment d'inquiétude le pris soudainement, qu'a encore inventé cette douce folle ?

- Lieutenant Far ! Vous ne m'aviez pas dit que cette charmante personne était à bord, déclara le Capitaine avec un grand sourire.

- Je suis personnellement chargé des scientifiques Capitaine et le Premier-Lieutenant Lia n'a pas d'autorisation d'accès à la passerelle, je vais prendre note de ses doléances.

- Laissez, laissez, il se trouve que Roseline a une excellente idée.

- Nous avons d'autres occupations, une escadrille de l'*Avenger* viens de nous passer au-dessus.

- Ha, ce n'est pas grave, ils doivent être loin du porte-aquanef, c'est juste une patrouille. Comment ils nous ont trouvés si vite ?

- Peut-être parce que nous sommes sur une route commerciale, murmura un peu fort Géraud.

- Vous avez changé le cap ? J'avais dit au sud, pilote, reprenez le cap initial.

- Oui Capitaine.

- Mais ils risquent de se poser des questions, j'ai pris ce cap afin qu'ils pensent que nous allions vers la Pointe en garnison, expliqua Quintus sous le regard rieur de Roseline.

- En fait, ce n'est pas une si mauvaise idée, monsieur Oc, plein est !

- Plein Est Capitaine ? Interrogea Quintus.

- Oui, Roseline m'a parlé d'un site de fouilles attrayant vers les îles éparses, un lieu ou nos ancêtres ont surement vécu, je veux en savoir plus.

- Le Premier-Lieutenant m'en a parlé et j'ai estimé que ce serait trop dangereux, c'est à la frontière avec le Royaume Maori.

- Nous sommes un navire de recherche, nous
devons faire des fouilles sur ce site primordial,
c'est ce que j'ai expliqué au Capitaine, déclara
alors Roseline d'un air important.

- Ce que Maitre Lia ne comprend pas, c'est que
nous sommes déjà en froid avec les Maoris et
que nous sommes censés être discret, s'énerva
Quintus.

- Ils sont partis, indiqua soudain Bertille. Les
aquanefs ont quitté la zone.

- Vous voyez, ce n'est rien, allons sur ce site,
ordonna le Capitaine.

- A vos ordres.

22

Après plusieurs jours de voyages, le navire arriva enfin sur le site, un ancien lieu de vie d'une civilisation oublié, selon l'officier scientifique ils sont les descendants des Atlantes, les ancêtres des Marins. Quintus a fait mettre en place un strict contrôle des environs, outre une forte présence Terrienne, il sait que les Marins ne sont pas loin, c'est décidément la pire idée au monde que de venir ici.

Durant de longues années ce royaume à dirigé la région, alors au-dessus du niveau des mers, cette ville désormais abandonnée est une merveille de construction avec ses maisons de pierres noires au forme octogonale longue et massive. Malheureusement la majorité de l'ancienne ville est en surface et ils ne peuvent voir qu'une infime partie mais qui, selon Rosaline, seront utile pour l'étude de leur histoire. Mais ce n'est pas l'avancée des recherches qui préoccupe l'Officier en second du *Commandant Teste*, depuis plusieurs jours ils détectent des mouvements sous-marins.

En premier lieu, les traces des invités sont toujours actives, tant le mystérieux destroyer que l'engin mobile sont présents dans leur espace sans pouvoir être détectés. D'autre part les bâtiments de la Cinquième Escadre sont de plus en plus proches de leur position, de manière sporadique, certes, ils n'osent pas venir si près des côtes, mais ils sont sous surveillance et Quintus n'aime pas cela. Enfin, Bertille a reçu d'étranges rapport sur la présence d'aquanefs non identifiés qui ont, à plusieurs reprises, croisés les patrouilles du navire. Décidé à reprendre sa route, et sa mission première, Quintus décide alors de parler au Capitaine. Celui-ci est dans son bureau ou il étudie les artefacts ramenés de la vase par les chercheurs, plongé dans ses objets il ne remarque même pas Quintus devant lui. Le jeune officier est toujours surpris quand il rentre dans ce lieu, aucune personnalisation, pas un seul objet de décoration ne viens égayer la pièce, à croire que le Capitaine Gam n'a aucune envie de s'approprier son bureau.

- Capitaine ?

- Oui mon garçon ? murmura Urbain.

- Je pense qu'il est nécessaire de reprendre notre route vers le Detroit, nous ne pouvons pas rester ici plus longtemps.

- Je sais, mais Rosaline pense qu'ils n'ont pas tout réuni et …

- Nous avons de nouveaux rapports, la Cinquième approche et d'autres aquanefs inconnues ont été aperçu vers l'Est. Vous savez qui commande cette Escadre ?

- Oui, bien-sûr, déclara le Capitaine avec un dégout évident, nous devons en effet quitter ce site, sonnez le départ Lieutenant, déclara fermement Urbain après une courte réflexion.

- Oui, Capitaine ! Je propose de passer par le Sud pour éviter la Flotte.

- C'est une bonne idée, en avant toute !

Le *Commandant Teste* pris donc le large, sa longue coque de cent-soixante mètres laissant glisser les flots doux de l'Océan Indien, toujours inquiet l'Officier en second a laissé la surveillance aquatique, selon les hydronefs en reconnaissance, des navires ont été aperçus vers l'Est, tout comme ils savent que l'*Avenger* les suit de près. Curieusement les deux traces disparurent à ce moment-là, plus aucuns échos des deux invités. Il leur fallut deux jours pour laisser ce que les Terriens appellent l'Indonésie derrière eux, quand au matin du troisième jour, Bertille eut une exclamation de surprise.

- Escadrille ennemie sur tribord, environ un mille !

- Qu'elle Escadre ? Demanda le Capitaine.

- Ils portent des Kori, Monsieur.

- Des quoi ? Demanda Quintus ?

- Un Kori, une fougère ! C'est le symbole du Peuple Maori, répondit l'Officier artilleur.

- Que font-ils ici ?

- En pratique, nous sommes dans la zone neutre, ils doivent nous surveiller depuis un moment, pouvez-vous trouver leur Escadre ? Indiqua

Quintus en regardant passer les cinq aquanefs autour d'eux.

- Nous devons leur faire comprendre que nous nous défendrons en cas de besoin, envoyez un escadron mais qu'ils n'engagent que si nécessaire, ordonna le Capitaine Gam.

- Monsieur, ils nous ordonnent de mettre en panne, intervint Sylvestre.

- Et quoi encore ? Coupa Géraud qui vient d'arriver des machines.

- Je ne sais pas, la diplomatie est utile ici je pense, dit Urbain en réfléchissant à cette idée.

- Après tout, nous ne sommes pas sur leur territoire, nous pouvons passer si nous le voulons, et nous sommes un navire de recherche, ajouta Quintus.

- Premier-Maitre, réduisez la vitesse à un tier, nous les attendons sans accepter leur sommation.

- Oui, Capitaine, vitesse facteur Un engagé.

- Hum, je vais quand même préparer les contre-mesures, déclara Géraud en tripotant sa console.

- J'ordonne l'alerte jaune, déclara le Capitaine, au poste de combat. Lieutenant Ave, je veux trois escadrilles prêtent à partir.

- Oui, Capitaine.

Soudain, le navire eut une secousse, un tir vient de frapper sur bâbord, remettant le bâtiment sur sa trajectoire, le pilote reprit sa route.

- Un tir de semonce, Capitaine, pas de dégât, déclara Quintus.

- Nos pilotes n'ont pas engagé ?

- Non, Capitaine, je le leur demande ? dit Bertille.

- Non, qu'ils restent en alerte.

- Capitaine, nous avons un contact virtuel, je dois ouvrir une fréquence ? Demanda Sylvestre.

- Contact sur mon écran, Second-Lieutenant. Monsieur Far, venez.

Tandis que Quintus se place sur l'estrade derrière le Capitaine, l'écran principal fit apparaitre l'image virtuelle d'un homme corpulent assis confortablement dans un large fauteuil, il porte un uniforme au col doré avec deux perles enchâssées dans un lit d'algues d'or et bien que l'image soit bleu transparent, les deux hommes savent qu'il arbore le jaune or de son Peuple. Bertille, qui a fait sa thèse sur le Royaume Maori, leur a indiqué qu'ils sont divisés en tribu, chacune disposant de son Escadre avec son vaisseau amiral. L'ensemble des tribus étant sous l'autorité d'un roi coutumier portant le titre de Arii, figure morale et protocolaire qui assure pourtant un important rôle de coordination entre les tribus, qui sont dirigées par un

Capitaine-Amiral, maitre autonome de son Escadre. L'Homme qui affiche un grand sourire qu'il veut amical est faux pour le jeune homme, il sait que leurs Royaumes sont alliés, mais que les tensions à la frontière sont grandes. Sa figure est couverte des fameux tatouages polynésiens, sûrement tous comme son corps, ce sont, outre des motifs décoratifs, mais aussi des informations sur la personne elle-même.

- Capitaine, Lieutenant, je suis l'Amiral Arava, Capitaine du MOA *Hornet.*

- Capitaine Urbain Gam du M *Commandant Teste*, Amiral, que pouvons-nous faire pour vous ?

- Dans un premier temps, savoir ce que vous faite sur notre territoire ? Répliqua l'Amiral qui oublia son sourire vu la froideur du Capitaine.

- Nous sommes un navire de recherche, Amiral, nous venons d'un site de fouilles au nord, répondit Quintus.

- Et je ne pense pas que ce soit votre territoire, coupa le Capitaine Gam. Nous sommes dans la zone neutre.

- Un navire de recherche dite-vous ? Je ne savais pas que le Royaume de Mérée dispose de tel bâtiment ? Il faut croire que la guerre ne vous préoccupe pas.

- La guerre est là où l'on amène, Amiral, je ne doute pas que celle-ci n'est pas présente en ces eaux ? Lança abruptement le Capitaine. A moins que le traité de votre souverain ne soit pas de grande importance ?

- Je suis le fidèle sujet de mon roi ! Nous sommes sur notre domaine, Capitaine et j'estime de mon droit de contrôler votre soi-disant bâtiment de recherche.

- Nous ne voyons pas d'inconvénient à nous rencontrer, Amiral, je vais faire préparer nos installations, coupa Quintus.

- Terminé, coupa avec colère l'Amiral Arava.

- Capitaine ! Nous ne pouvons pas nous permettre de vexer un Amiral Maori, pourquoi lui parler si durement ?

- Je ne permets à personne de me prendre de haut, et surtout pas un sauvage, répondit froidement le Capitaine.

- Je vois, soupira le jeune officier.

- Nous ne pouvons pas laisser cet homme monter à bord, Lieutenant, il va bien voir que nous ne sommes pas seulement un cargo de recherche, intervint Bertille.

- Je sais bien, Lieutenant, que devons-nous faire Capitaine ?

- He bien, je ... le traité nous protège, non ? Demanda Urbain avec hésitation.

- Je n'en suis pas si sûr, Capitaine, les Maoris fonctionnent différemment de nous, répondit l'officier artilleur.

- Il faut bien comprendre que c'est une escadre entière qui arrive, dit Géraud en regardant durement son supérieur.

- Comment ils fonctionnent Bertille ? Demanda Quintus qui décida de prendre la main devant le regard perdu du Capitaine.

- Comme je vous l'est dit, ils ont certes un roi, mais il n'est qu'un coordinateur, il a un grand pouvoir de décision mais reste sous le contrôle du Conseil Royal ou siège tous les Amiraux. Chaque Amiral est le maitre de sa tribu, les postes de commandement sont généralement occupés par sa famille. Les Amiraux sont très variables en ce qu'ils concernent leur alliance, certains ne respectent le traité que sur ordre du Arii, mais ont d'autres visées, ils sont autonomes de l'ensemble. De plus le souverain actuel est très âgé, tous les Amiraux pensent à sa succession qui est tournante entre eux.

- Et bien, nous n'avons plus qu'a prier qu'il soit un allié du Royaume, en gros, râla Géraud. Je peux nous faire disparaitre, mais ils vont rapidement nous trouver avec leur aquanefs.

- Disparaitre ?

- Oui, je vous ai dit qu'il y a quelques surprises sur ce navire.

- Lieutenant Ave, faite revenir nos aquanefs et les hydronefs ! Réduisez notre présence. Géraud préparez-vous.

- Oui, Lieutenant !

- Ils sont sur écran, Lieut... Capitaine. Indiqua Sylvestre. Un porte-aquanef et une dizaine de navire d'escorte.

- Une dizaine ? S'étonna Urbain.

- Ils n'ont pas de capitale proprement dite, ils voyagent en permanence et leur escadre forment leur monde, ajouta Bertille.

- L'un des destroyers se détache du groupe, il est escorté par deux escadrilles.

- Rien que ça ! Murmura Géraud.

- Une minute ! J'ai un contact sur tribord, trois miles ! Lieutenant ?

- Oui je l'ai, trois escadrilles en approche, Méréen, c'est l'*Avenger,* Capitaine ! confirma Bertille.

23

Après le choc en entendant cette nouvelle, Quintus regarda le Capitaine qui ne semble pas plus en forme, que doivent t'ils faire ? Les voila entre deux Escadres, en pleine zone neutre, partir deviens urgent.

- Une communication, Monsieur.

- Qui est ce ? Demanda le Capitaine.

- Les Maoris.

- Sur ma console, Second-Lieutenant.

- Capitaine Gam, rugi l'image de l'Amiral Arava, qu'elle est donc cette traitrise ? Pour un navire de recherche vous êtes bien accompagné !

- Ce n'est pas cc que vous pensez Amiral, nous ne sommes pas rattachés à ce navire, en fait ils doivent se poser les mêmes questions que vous, nous somme mandaté par l'Académie des Sciences de Poséis.

- Cela est bien pratique, au moment ou la Cinquième Escadre de votre royaume entre en zone neutre.

- Amiral, intervint Quintus, ne serait-il pas plus sage que chacun rentre en son domaine ? Nous n'avons aucune raison de nous battre.

- Nous sommes prêts à défendre notre royaume, jeune homme.

- Nous ne sommes pas ennemi Amiral, je sais que vous êtes un homme sage, garder votre combativité pour vos réelles menaces, ou nous serons présents en cas de besoin.

- Vous avez raison, Lieutenant … dit l'Amiral après une brève réflexion.

- Far, Amiral, Quintus Far pour vous servir.

- Je m'en souviendrais. Capitaine, je retourne sur l'*Hornet*, déclara derrière lui le chef de tribu.

L'image se coupa brusquement, sous le regard courroucé du Capitaine Gam, qui voit son second prendre l'ascendant. Alors que Sylvestre confirme que le destroyer fait demi-tour, il ordonna de prendre la route vers Espérance, à pleine vitesse. Mais tandis qu'il se lève pour se retirer, l'officier navigation lui indiqua avec hésitation.

- Capitaine, la Cinquième est sur une trajectoire d'intersection, je pense qu'ils veulent nous couper la route.

- Je ne pense pas qu'il soit une bonne idée d'essayer de leur échapper, ce serait suspect, indiqua Quintus.

- Et moi je ne crois pas utile de parler à cet homme, je suis encore le Capitaine de ce bâtiment, jeune homme, dit courroucé l'officier.

- Bien-sur Capitaine, le rassura Quintus, mais ma charge me demande de vous conseiller au mieux, Anthelme Bak n'est pas connu pour sa gentillesse, il nous stoppera au tir si nécessaire et il dispose d'un des principal porte-aquanef du royaume.

- Il ne le ferra pas car il m'empê… je veux dire qu'il sait que nous sommes du même bord.

- Le seul bord que connait cet homme est le sien, il ne doit sa place qu'a son amitié intéressée avec le Grand-Amiral, il n'est même pas qualifié pour ce poste, ajouta Géraud avec dégout.

- Je vois, a la barre, maintenez le cap et la vitesse, convoquez le Premier-Lieutenant Lia, dite lui qu'il me faut un site au plus vite sur notre chemin, ordonna le Capitaine après une longue réflexion. Jc me retire, la passerelle est à vous Lieutenant, je vous laisse gérer la communication avec le Vice-Amiral Bak.

- Merci Capitaine, répondit Quintus avec inquiétude.

- Un site ? Demanda Géraud en regardant son supérieur quitter la passerelle.

- Une excellente idée, le Capitaine souhaite faire croire au Vice-Amiral que nous sommes simplement sur une piste pour nos recherches et il me laisse lui parler car s'il ne voit que l'Officier en second sur la passerelle c'est que

nous ne sommes pas inquiets de sa présence,
calcula le jeune homme.

- Je comprends. Ho ! C'est incroyable ! S'exclama
le Lieutenant en regardant par les vitres.

Au loin, ils aperçurent l'ensembles de l'Escadre Maori
manœuvrant pour un quart de cercle, au centre se
déplace lentement le porte-aquanef *Hornet* avec la
douce lumière solaire qui met en avant sa silhouette
martiale, mais pourtant aux traits magnifiques, sur
son pont vont et viennent les aquanefs, patrouilles qui
couvrent l'ensemble de sa zone de sécurité. A son mat
principal flotte doucement le pavillon Maori, un Kori
noir sur fond jaune or. Son groupe de soutien entoure
le puissant bâtiment pour le protéger de toutes
attaques, une dizaine de croiseurs et de destroyers qui
se mouvent de concert avec ce qui apparait comme un
monstre marin à la lenteur splendide. Le jeune homme
du pourtant sortir de ses pensées car un Enseigne lui
montre une carte avec un emplacement présumé
d'une ancienne ville datant de plusieurs siècles, le
maitre de recherche à bien travaillé. S'installant à son
poste, Quintus réuni ses idées et ordonna.

- Second-Lieutenant Dam, ouvrez une ligne avec
le porte-aquanef *Avenger*, je vous prie.

- Oui, Lieutenant.

- Lieutenant Ilit, j'aimerais que la passerelle
semble plus vide, qu'il pense que nous sommes
juste de garde, si vous avez des machines à
contrôler, c'est le moment. Lieutenant Oc, vous

êtes en permission également, revenez d'ici dix minutes prendre le quart. Monsieur Dam donnez-lui l'écran principal.

- Bien-sûr, je vais à la salle des machines.

- Merci, Lieutenant, ajouta Rodrigue en quittant son poste, remplacé par un Premier-Lieutenant.

- Nous avons un retour, Lieutenant, déclara l'officier communication tandis que Quintus s'installa plus négligemment sur son siège.

Un homme portant l'uniforme des Vice-Amiraux, une seule perle sur l'épaule dans un glacis d'algues d'or avec un col entièrement couvert du même motif, apparu à l'écran. Il déplu immédiatement à Quintus tant son regard semble mauvais, ses yeux calculant immédiatement les personnes sur la passerelle, toujours en mouvement son regard cherche la faute, le défaut qui lui permettra de prendre l'ascendant sur son interlocuteur, son long visage est triste, tout comme sa silhouette décharnée. Quintus pris un air surpris et se leva rapidement en saluant l'officier général.

- Vice-Amiral ! Je suis honoré par votre présence, que puis-je faire pour vous ?

- Je suis le Vice-Amiral Anthelme Bak, chef de la Cinquième Escadre, qui êtes-vous ? Demanda l'homme avec une voix froide et hautaine. Il ne prit pas la peine de rendre son salut à son inférieur.

- Je suis le Lieutenant Quintus Far, Officier en second du *Commandant Teste*, monsieur.

- Le *Commandant Teste* ? J'ignorais ce navire actif, Vous dite Far ? Et qui commande ce bâtiment ?

- Oui en effet Vice-Amiral, c'est le Capitaine Urbain Gam qui assure le commandement, nous sommes un navire de recherche au service de l'Académie des Sciences.

- Urbain Gam, incroyable, dit le Vice-Amiral avec un sourire méchant, je le pensais retiré, et où se trouve l'illustre Capitaine ?

- Dans ses quartiers, c'est moi qui suis de quart, il n'y a pas de grand danger, nous nous déplaçons vers un nouveau site de fouille.

- Je n'ai pas eu vent de votre passage sur mon territoire, Lieutenant Far, comment un porte-aquanef est -il devenu un navire de recherche ? Le Grand-Amiral est-il vraiment approbateur de cette démarche en ces temps de guerre ?

- Nous ne sommes qu'un porte-aquanef d'escorte, Vice-Amiral, et nous prenons nos ordres du Seigneur de la Mer directement.

- Certes, dit l'officier avec un regard plus vif qui indiqua à Quintus que la guerre froide fait toujours rage à la capitale. J'ai cru comprendre que vous aviez été arraisonné par la flotte Maori, il est étonnant qu'ils vous laissent partir.

- Nous avons en effet rencontré l'Amiral Arava de *l'Hornet*, il s'est montré curieux de notre présence mais a accepté nos explications, nous ne représentons aucun danger pour personne, notre mission est scientifique.

- Arava n'accepte rien ! Coupa le maitre d'Escadre, c'est un Maori, seul compte le pouvoir, je suis le seul à limiter ses incursions sur le domaine de Mérée, sans mon Escadre, il aurait envahi ces eaux depuis longtemps.

- Ce n'est pas mon avis, il semble plus civilisé que ce que vous avancez, Vice-Amiral, ajouta Quintus pour mitiger sa remarque.

- Votre grade ne vous permet certes pas de voir l'ensemble de la stratégie en ces lieux, vous n'êtes qu'un simple Lieutenant, depuis peu qui plus est, ne vous imaginez pas plus élevé que ce quc vous pouvez être, Far.

- Bien-sûr, Vice-Amiral, je comprends, grogna Quintus sous l'insulte. Nous devons continuer notre route vers un site important pour notre mission.

- Ou est-il ? Je crois nécessaire de vous faire escorter par des destroyers, nous sommes proche de l'ennemie. Je ne voudrais pas ternir mes résultats par la perte d'un navire par vos incompétences.

- Ce n'est pas utile, il n'y a plus eu de présence Atlante dans cet océan depuis longtemps et nous ne quittons pas le royaume, d'ailleurs ce n'est que temporaire, nous devons regagner le Passage pour faire un bilan et nous ravitailler, je ne voudrais pas réduire vos forces dit rapidement l'Officier en second, en pensant que ses fameux résultats sont loin d'être aussi bon que ce qu'il avance.

- Je suis sur mon domaine, Far, si je veux vous faire escorter je le ferais, je peux aussi vous faire rentrer immédiatement tant votre mission me semble dérisoire.

- Je crois que notre Souverain ne serait pas très content de vous, Vice-Amiral, il tient à ces résultats, s'énerva le jeune homme.

- Je n'accepte pas votre ton, Lieutenant ! je …

A ce moment, un officier lui tendit une tablette qu'il regarda rapidement, son regard se fit vif et une grimace traversa son visage blafard.

- Continuez donc votre chemin, Far, pour ce que j'en ai à faire, terminé.

24

Le Capitaine ne revint que le lendemain ou il demanda un rapport détaillé de la conversation avec la murène du Grand-Amiral, il semblât surpris par sa méconnaissance de leur présence et de leur mission et pas vraiment par son laisser-passer aussi abrupt. Quintus a demandé à Bertille de reprendre les patrouilles en surveillant plus avant les mouvements alliés. Le *Teste* traversa les flots de l'océan indien, les eaux se rafraichissant au fur et a mesure de leur avancée, ils perdirent du temps sur le site de l'ancienne ville afin de donner le change, Géraud avança qu'il devait les surveiller, ce que confirma l'Officier artilleur qui reçoit les rapports de patrouille.

Leurs craintes furent plus complètes encore quand ils aperçurent la Cinquième Escadre au complet en patrouille qui passa bien plus au sud que ce qu'elle côtoie habituellement. De la passerelle ils purent admirer la puissante silhouette du porte-aquanef *Avenger* escorté par les croiseurs *Jean de Vienne* et *Trieste*, augmenté du *Pola* et eux-mêmes protégés par les destroyers *Volta*, du Capitaine Hon, *Foudroyant* et *Le Hardi*. Un spectacle magnifique au dire du Capitaine, qui pense surement qu'il a été le principal acteur de sa propre Escadre lors de son commandement de la *Lorraine*. Pourtant aucune communication ne fut ouverte, pas le moindre message de cet horrible homme, au grand plaisir de Quintus et au soulagement des autres officiers. Le

191

lendemain l'Escadre a quitté la zone, le Vice-Amiral s'étant lassé de chasser la faute, n'ayant plus rien à faire ici, et certain que la grandeur de l'océan les cachera de leurs recherches, ils levèrent l'ancre et mire le cap sur l'océan Atlantique.

Quel plaisir que de laisser courir cette dame au grès des flots, le bleu clair laissant bientôt la place aux eaux plus sombre de ce nouvel océan, plus ils avancent, plus le Capitaine semble inquiet, outre de longues journées à ruminer leur rencontre avec le Vice-Amiral Bek, il reste souvent pensif devant la verrière de la passerelle à admirer l'étendu aquatique le regard dans le vide. Il ordonna de rester assez proche de la ville d'Espérance, la haute mer l'effrayant, au bout de plusieurs miles, Quintus se résigna à interroger son supérieur.

- Capitaine, puis je vous dire un mot ?

- Bien-sûr mon garçon, suivez-moi, Mademoiselle Ave la passerelle est à vous.

- Je vous sens inquiets Capitaine, depuis que nous sommes entrés dans ces eaux vous semblez plus attentif à nos environs et nous n'avons pas dépassé les deux cent mètres de profondeur.

- Oui, avoua Urbain gêné. Sachez que … Comment dire, ces lieux ne me sont pas inconnu, j'ai une longue carrière Lieutenant, j'ai vu des choses que je ne voudrais pas revoir pour rien au monde, nous ne sommes pas si seul dans les profondeurs.

- Nous n'avons pas connaissance de navires Atlantes sur plusieurs kilomètres, nous surveillons notre route et même au-delà.

- Les Atlantes sont le cadet de mes soucis, mon garçon, j'ai déjà navigué sous ces eaux, je parle des calmars, savez vous que nous avons déjà été attaqué ?

- Non, je n'ai jamais eu vent de ces attaques, aucuns rapports ne mentionnent cela.

- Hum ! Je n'en suis pas étonné, l'Amirauté préfère oublier ce genre de chose. Quand le Grand-Amiral à décidé de reprendre la cote Est de Grande-eau nous avons reçu l'ordre de sécuriser les passages, nous naviguions très profondément pour ne pas être détecté par la Flotte Atlante, je commandais un destroyer à cette époque, le *Aviere*. Nous étions trois navires pour contrôler cette vaste étendue, ajouta Urbain après un temps de silence résigné. Nous nous appelions l'escadre à la croix car nous avions tous le même symbole sur la proue de nos bâtiments, une croix couronnée, ajouta-t-il avec amertume.

- Reprendre ces eaux n'était pas sa meilleure idée. Excusez-moi je vous ai coupé.

- Certes, nous marchions lentement, conscient de la présence d'une escadre ennemi devant nous, plongeant plus encore pour éviter d'être repéré, quand le *Maestrale* stoppa net après un escarpement, pourtant ses hélices tournaient encore. Nous avons alors avancé prêt au combat et notre vision fut horrifique, des tentacules immenses entouraient le navire, le tenant avec une force incroyable, j'ai alors ordonné le tir sur l'arrière du destroyer en concert avec le *Ascari,* suivi par le captif, rien n'y fit. Soudain la bête apparue dans la maigre lumière des fosses, un animal comme je n'en avais jamais vu auparavant, au moins vingt mètres avec ses tentacules les plus longues.

- Incroyable, un vrai monstre, pourquoi vous a-t-il attaqué ?

- Je ne sais pas, peut-être a-t-il eu peur, ou chassait-il simplement, alors que j'ordonnais le rechargement, mon navire accusa une gite importante sur tribord, je vis alors un immense tentacule frapper la passerelle, fendant les vitres à ma grande horreur, un autre de ces monstres venait de nous attraper avec l'*Ascari,* bien qu'il soit en difficulté pour nous tenir tout les deux il nous empêchait de tirer sur le premier calmar, laissant le *Maestrale* en grande détresse, je devais choisir mon équipage ou le leur, j'ai ordonné aux artilleurs de viser ses yeux, c'est un de leur point faible, et la bête recula rapidement, d'autant plus le mon collègue avait choisi lui le bec.

- Le *Maestrale* ? Demanda avec frayeur le jeune homme.

- C'était un bon destroyer, mais sa coque commença à faiblir sous la force de l'animal qui essayait de le percer avec ses dents en le serrant vers sa bouche, ils tirèrent jusqu'aux derniers instants, mais sans parvenir à se dégager, une seule fente apparue sur la coque et je sus que c'était fini, la dépressurisation les a tous tués. Le navire s'est brisé en deux.

- Comment vous …

- Le second revenait et j'étais sous le choc, j'avoue que je ne savais pas quoi faire quand soudain ils fuirent à grande vitesse, remontant tant bien que mal après avoir essayé de contacter le *Maestrale*, nous virent un banc de cachalots passer au large, ce sont leur ennemi naturel.

- Mais pourquoi l'Amirauté n'a pas …

- Le Grand-Amiral ne voulait pas de problème, son projet de conquête était prioritaire, pour lui c'était un incident collatéral, une semaine après j'étais muté au Detroit, je reçu mon premier croiseur et l'ordre de ne plus jamais parler ce cette histoire.

- L'Amiral Ving a laisser mourir ces hommes, pour sa gloire !

- Evidemment, la morale n'est pas une qualité primordiale des Grand-Amiraux, je dois dire que revenir ici me laisse songeur sur mon passé, et mon avenir aussi peut-être, dit-il tristement.

- Le *Teste* est plus grand qu'un destroyer et nous avons de quoi les recevoir, Capitaine, nos patrouilles surveille la zone et je peux demander au Lieutenant Ilit de contrôler les masses biologiques.

- Oui, bien-sûr. Sourit tristement Urbain, laissez-moi Quintus, je dois étudier des schémas du Premier-Lieutenant Lia.

- Capitaine, salua le jeune officier en quittant le bureau.

Tout en pensant que le Capitaine Gam n'a que rarement utilisé son prénom, l'Officier en second regagna la passerelle ou l'attends le Second-Lieutenant Dam avec impatience. Il regretta que Bertille ait terminé son quart en la croisant en prenant le contrôle.

- Lieutenant !

- Oui, Sylvestre, ne me dite pas que Bak reviens.

- Non, mais nos invités si.

- Nos invités ? Ha ! Compris le jeune homme.

- J'ai de nouveau la balise éteinte et la curieuse marque sur mon radar.

- Je dois dire que je commence à me lasser de leur présence. Premier-Lieutenant, envoyez une escadrille vers la balise, je veux savoir qui nous sult, pas de contact. Ordonna Quintus en prenant place sur le poste du Capitaine.

- Oui, monsieur, dit l'officier artilleur de quart.

- Ingénieur, pourriez vous mettre au point un sonar biologique ? Qui permettrait de voir les animaux en approche plus efficacement ?

- Je pense que oui, Lieutenant, je vais y affecter une équipe immédiatement.

- Merci, je voudrais que ce soit actif au plus vite.

- Lieutenant, l'escadrille est partie, contact dans dix minutes. Quintus lui fit un signe de tête pour approuver puis se tourna vers le Second-Lieutenant Dam.

- Pourriez-vous trouver notre second invité ? Sans balise ?

- Ce va être difficile, il est très petit, je ne sais pas ce que c'est mais il ne veut pas être vu, tout en nous surveillant.

- Lieutenant, j'ai le retour, il a plongé rapidement et reste dans les zones montagneuses, mais ils ont vu son identifiant, c'est un destroyer Meréen, le *Alpino*.

- L'*Alpino* est désaffecté depuis longtemps, il devait servir au transport de manutention sur les colonies extérieures, pensa Quintus à voix haute. Que nos gars reviennent, Contactez-le !

25

L'officier communication entra les codes et appela le destroyer, sans réponse, manifestement le fait d'être découvert ne les choque pas. A l'instar des poissons clowns ils préfèrent rester dans leur domaine, caché en attendant de pouvoir ressortir de leur anémone, grand bien leur fasse, au moins ils sont fixés.

- Pilote, en avant toute, essayons de profiter de leur halte pour nous en éloigner, cap au nord.

Habituellement, les navires Marins ne restent pas près des côtes, cela est bien trop dangereux, ils pourraient être aperçût par un Terrien curieux ou par des outils de surveillance, bien que le métal aquatique ne puisse être détecté par les faibles outils surfaciens un navire peut être vu sous les eaux, cela reste une grosse masse de métal qui se déplace. Pourtant le Capitaine et son second ont opté pour ce déplacement, ils sont dans une zone tampons ou la situation militaire et politique est spéciale, il leur faut être prudent.

Lors de sa prise de fonction et depuis de nombreuses années, le Grand-Amiral Ving a voulu faire un coup d'éclat, il veut laisser sa trace dans les annales du Royaume, aussi il a décidé qu'il était temps pour Mérée de reprendre l'atlantique sud, tout au moins une bande navale couvrant l'Est de ces eaux. L'idée étant de relier le territoire indien au colonie capeverde et de laisser un royaume entier enfermant la Grande-pointe, ce fut un échec total.

Non seulement les Atlantes ont durement lutté contre cette tentative d'invasion, mais en plus personne ne souhaite prendre cette route, bien plus longue que par le Passage et nettement plus dangereuse. Les Escadres d'Atlantis couvrent ces eaux pour arraisonner tout navire marchant et confisquer ses marchandises, les navires militaires sont détruits, seul la distance protège les voyageurs de la guerre car, bien que faisant parti de l'Empire d'Atlantis, ces eaux sont trop éloignées de leurs bases historiques et des tensions courent avec les Maoris au grand sud ou leur domaine se touche du coté de Horn.

La tension est constante, tous savent que la Deuxième Escadre Atlante, menée par le puissant *Scharnhorst* et le vieux *Kaiser* sont dans ces eaux, sans oublier les rapports indiquant la présence régulière du porte-aquanef *Courageous* et de sa Huitième Escadre, leur seul espoir étant la proximité des Terriens, ce qui ne rassure personne parmi les six-cent membres d'équipage. Ils ont décidé de garder un rythme constant, aux trois quarts de la vitesse afin de ne pas trainer sans faire de remous par une vitesse trop remarquable. Tandis qu'il regagne en fin de soirée ses quartiers, Quintus reste inquiet, certes l'équipage est formidable, mais le Capitaine est d'humeur maussade depuis leur discussion, il reste en permanence dans ses pensées, ce qui se ressens sur la passerelle et de fait les officiers se tourne vers lui pour le quotidien, ce qui accroit sa fatigue et son stress. Mais un espoir perdure, alors qu'ils approchent de la bosse de la Grande-pointe, que les Terriens appelle Afrique, ils n'ont rencontré aucunes présences ennemies, pas même un aquanef d'aperçu au loin, soit leur stratégie est bonne soit les Atlantes sont ailleurs. Réveillé par sa tension, Quintus décida de faire un tour, il n'arrive pas à dormir de toute façon, marchant dans les coursives du navire il admire le formidable travail des équipes de Géraud, ils ont choisi de reprendre les cloisons intérieures avec un blanc vif souligné par le rouge profonds et le noir des sols, sur la passerelle ou il arrive, Quintus admire encore une fois le cœur du navire, ici aussi ces mêmes couleurs affirme la beauté des lignes avec, derrière le fauteuil du Capitaine, le grand cercle de pierre bleu avec son trident noir. C'est le Second-Lieutenant Giovanni Kom, officier d'intendance, qui est de quart en cette nuit tranquille, il dispose de plusieurs Enseignes de vaisseau pour l'accompagner. L'homme lui sourit, quelle transformation depuis le *Primauguet* ou lui et monsieur Dam l'accompagnaient de force. Quintus pensa que son statut, dernier officier supérieur, ne lui donne pas souvent la possibilité de commander le bâtiment, seulement sur les quarts qui n'intéressent personne.

En tant qu'officier d'intendance, le jeune homme s'en sort avec les honneurs, le navire est parfaitement tenu, bien fournis, comment lui et son acolyte sont arrivé au service du Kommodore Kromp ?

- Vous n'arrivez pas à dormir Lieutenant ?

- Non en effet, j'ai trop de chose en tête, lui sourit Quintus.

- Je comprends, votre position est bien plus lourde, surtout en ce moment.

- Ce n'est pas trop triste de commander à cette heure ? Vous devez vous ennuyer.

- Non, j'aime ce moment de paix, j'ai un navire magnifique pour moi tout seul. Je ne crois pas que beaucoup de gens de mon âge puissent en dire autant.

- Ce n'est pas faux. Si je puis me permettre, comment avez-vous fini chez Kromp, vous semblez un bon officier, en tout cas je n'ai pas à me plaindre de vous.

- Ho ! En fait Sylvestre et moi somme du même village, nous avons toujours été ensemble, nous sommes comme des frères, et nous voulons rester sur le même navire, je dois dire que ce nous a apporté des ennuis, j'ai souvent quitté une affectation pour le rejoindre et inversement, lassés, les services du personnel nous ont mis ensemble, mais au service de cet homme.

- Je suis content de vous avoir tout les deux, au moins cela me rappelle d'où je viens.

- Nous n'avons pas été tendre avec vous, je dois dire que je me suis trompé, vous êtes un bon second même si vous restez un peu bizarre. Je suis désolé.

– Ce n'est rien, dit Quintus, juste ... non rien, bonne soirée Giovanni.

Tout en retournant dans sa cabine Quintus eut un soupir, ces deux gamins sont tellement chanceux, être si proche alors qu'ils sont juste ami. Il ne peut s'empêcher de les comparer à sa désastreuse relation avec son frère, dire qu'au moment ou ils devaient enfin parler sérieusement il a du s'enfuir sans pouvoir lui donner la moindre nouvelle, il l'attendait pourtant, il en est sûr, Théodore a dû attendre un long moment avant de se résigner à partir. Peut-être a-t-il même demandé de ses nouvelles au palais ? Non, sûrement pas, sa fierté l'en a empêché, c'est de famille, lui aussi n'a pas envoyé de véritable message durant ces années d'exil après-tout. Se reprenant le jeune homme décida qu'après cette histoire ils parleront sérieusement, quitte à se rendre sur *l'Ark Royal* s'il le faut !

Le reste du voyage reste d'un ennui mortel, aucunes traces des Escadres ennemis, bien que les patrouilles d'hydronefs s'éloignent de plus en plus, à croire qu'elles ont disparues à leur approche alors que les rapports indiquent depuis plusieurs mois une présence accrue de la Flotte Atlante dans les eaux proches. Tandis qu'ils approchent enfin du territoire du royaume près de Capeverde et que Géraud et Quintus sont les seuls officiers supérieurs sur la passerelle, le jeune homme décida de parler de son expérience au port de Poséis avec son ami, après tout il reste le meilleur expert de l'Empire Atlante. Avançant l'air de rien, il s'approcha du Lieutenant et se place derrière lui comme s'il contrôle son écran, puis il lui demanda.

- Géraud, vous connaissez bien les Atlantes, non ?

- Oui, si on veut grogna l'ingénieur.

- Le mot Ephore vous parle-t-il ?

- Ou avez-vous entendu ce titre ? Dit brusquement le vieil homme après s'être redressé comme s'il avait pris une décharge électrique. Ses yeux ne sont plus que deux fentes de suspicion.

- Sur le port, lors de notre embarquement sur le *Volta*, soupira lourdement Quintus, j'ai surpris une discussion entre plusieurs personnes et l'un d'eux à utilisé ce titre pour définir quelqu'un.

- Un Ephore ! A Poséis ! Impossible. Nous devons en parler plus tranquillement, après le quart.

- D'accord.

Laissant passer le temps, les deux hommes désormais tendus se rendirent sur la passerelle ouverte tribord, qui sert de salon des officiers avec ses trois grandes ouvertures sur l'océan. S'installant confortablement sur de grands fauteuils près de l'une des fenêtres, il se mirent à discuter doucement, Géraud semble médusé, comme un homme lâchant un lourd et ancien secret qu'il pensait oublié.

- Que savez-vous de la politique Atlante, Quintus ?

- Pas grand-chose, ils sont dirigés par un roi, il me semble ?

- Alors que Mérée s'est tourné vers une ville dénommé Athènes, le plus grand et ancien ennemi de nos ancêtres, reprenant son système politique, Atlantis a repris celui d'une autre ville terrienne qui correspond plus à leur attente, le système de Sparte.

- C'est-à-dire, quelle est la différence ? s'intéressa Quintus qui adore les récits.

- C'est à la fois simple et complexe, d'abord ils ont deux rois, issu des plus anciennes familles de l'Empire, mais ils n'ont qu'un pouvoir militaire, ils sont les amiraux suprêmes d'Atlantis, la direction politique est -elle confiée à la Gérousie.

- Les rois n'ont aucun pouvoir politique ? C'est curieux !

- Ils ont un grand pouvoir moral sur la Gérousie et plus encore sur le Peuple et disposent d'un droit de véto qui peut être supprimé par un vote des Gérontes. Ils ont aussi un pouvoir judiciaire et religieux, mais ils restent loin de ce qu'on imagine.

- Je vois.

- La Gérousie est formée de cinquante Gérontes élus à vie par l'Assemblée, les citoyens d'Atlantis, ils proposent et votent les lois, les font appliquer et approuvent les traités des rois, ils sont aussi le principal tribunal de l'Empire.

- D'accord, et l'Ephore alors ?

- Les Ephores, ils sont cinq, les cinq personnes les plus puissante du monde Atlante en réalité. Ils ont pour rôle de représenter le Peuple et surtout de veiller à ce que les affaires respectent la tradition, ce qui est assez large, leur pourvoir de surveillance est illimité. Ils sont élus par l'Assemblée pour un an. Ils gèrent aussi les affaires étrangères et bien entendu les services de renseignement. L'un d'eux donne son nom à l'année en cour, l'Ephore éponyme. Leur seule limite étant de n'être élu que pour une année non consécutive.

- Alors pourquoi un Ephore ne pourrait être présent à Poséis ? Je ne vois pas le problème, ils sont des sortes d'ambassadeurs, non ?

- Pas du tout, ils ont des agents pour ça, ils sont trop précieux et ne quitte jamais l'Empire, ils en savent trop, je ne comprends pas ce que cet homme fait là, avez-vous vu leurs visages ?

- Non, j'étais derrière des caisses, dit Quintus de plus en plus gêné, en fait … J'ai bien vu le Lieutenant Diam, qui est arrivé sur la passerelle d'embarquement juste après mais je ne crois pas que …, puis le Capitaine est arrivé à sa suite de la ville en le regardant bizarrement.

- Quoi !

26

Géraud semble perturbé, il est vrai qu'accuser l'ombre du Dauphin est ridicule, il sert la famille royale depuis des années avec loyauté. Mais Quintus a besoin de se libérer de ses doutes, il a aussi un autre sujet en tête qui le travaille depuis de longs mois, il se décide à tenter le coup.

- Sinon, vous êtes un espion du Dauphin depuis longtemps ? Demanda t'il sur le ton de la conversation.

Restant la bouche ouverte d'étonnement en le regardant par-dessus ses fines lunettes, le Lieutenant Ilit prend alors un air sérieux et calculateur avant de lâcher un de ses rares sourire et de répondre.

- Je me demandais quand vous le comprendriez, en fait je n'ai jamais été un espion du Dauphin, et je ne le suis plus.

- Comment donc ?

- Je servais la princesse Marthe, mon garçon, c'est elle la tête pensante du lot royal, ricana t'il.

- J'aurais dû m'en douter ! S'insurgea Quintus.

- Depuis des années et notamment depuis sa démission de la Flotte, la princesse Marthe surveille l'Amirauté et l'ensemble du monde, elle a un véritable réseau d'espions qu'elle dirige d'une main de maitre, croyez-moi à coté les services de renseignement de l'Arsenal font pale figure. Son but est de servir la Couronne en lui permettant de tout savoir, rien ne se passe en Mérée qu'elle ne sache. Je suis resté à son service durant de longues années ou j'ai notamment espionné Atlantis et ses dirigeants.

~ Vous êtes allez à Atlantis ! Comment est-ce ?

~ Grand, impérial et très dangereux, j'utilisait l'identité d'un officier ingénieur, j'ai pu rapporter de nombreux renseignements mais ce n'est plus de mon âge, j'ai dû rater ma carrière ici pour servir le royaume. C'est quand je vous ai vu que j'ai compris cela, avec l'accord de la princesse j'ai quitté son service et je suis désormais ici.

~ Mais qu'avez-vous trouvé sur le Capitaine Gam ? Demanda Quintus avec malice.

~ Comment ? Evidemment, j'aurais dû me douter que vous alliez le voir, en réalité j'ai des informations inquiétantes, il a été radié pour raison de santé sur demande de son Officier en second, les enquêtes ont démontrées qu'il est trop âgé pour le commandement d'une unité et l'Arsenal l'a mis en retraite.

~ C'est curieux en effet qu'il soit nommé sur le *Teste* après cela, mais je doute que Gustave est accepté un commandant différent.

- Peut-être, ou alors … non, je me fais des idées, on devient un peu parano avec le temps, sourit Géraud.

- Ca se comprend, allez vous faire savoir la présence d'un Ephore ?

- Oui, c'est trop inquiétant, s'il est là c'est qu'ils préparent un gros coup, je ne peux me taire, mais il doit être très doué pour échapper à la surveillance de la Dauphine. Combien de personnes avez-vous entendu ?

- Au moins trois je pense, je n'ai pas reconnu leurs voix mais je crois qu'il parlait du palais et du navire. L'un d'eux a dit qu'il savait quoi faire sans que je comprenne la signification de ces mots.

- Cela explique que nous soyons suivit si facilement par l'*Alpino*, ils doivent être guidé par un espion sur le navire, pensa Géraud, mais la présence d'un troisième espion au palais est très inquiétante.

Un lourd silence s'éternisa tandis que les deux hommes réfléchissent, vu de ce coté la mort du Seigneur Théophile reste suspecte, Atlantis semble y gagner plus que de mesure, mais assassiner le Seigneur de la Mer est une idée impossible, même affaibli, il reste l'homme le plus protégé du royaume. Soudain le communicateur central ordonna la présence immédiate de tous les officiers supérieurs sur la passerelle, d'un bon les deux hommes s'élancèrent, inquiet.

Rendu au cœur du navire, ils constatèrent la présence du Capitaine à sa place, les visages sont tendus, sur les écrans apparait le destroyer *Alpino* qui a été accroché par Sylvestre. Sur ordre du Capitaine deux escadrilles ont été lancées par Bertille et les chasseurs sont prêt au départ. Depuis leur conversation Urbain Gam est renfermé sur lui-même, sans cesse plongé dans de moroses pensées, mais là son regard est différent, plus vif que ce qu'il a laissé voir durant ces mois de voyages.

- Capitaine ? Demanda Quintus.

- Nous devons nous débarrasser de ce navire espion, j'en est assez qu'il nous suive, dit brutalement Urbain, qui semble avoir totalement changé de personnalité.

- Vous allez les couler ? Demanda effaré Géraud.

- Il s'est curieusement approché ces derniers jours, indiqua Sylvestre.

- Monsieur Oc, cap sur Açora je vous prie, plein nord en avant toute, ordonna Urbain sans répondre.

- Oui Capitaine, puissance maximale engagée.

- Lieutenant Ave, je veux que vous touchiez ce destroyer assez durement pour qu'il reste hors service.

- Second-Lieutenant Dam trouvez moi cet objet, j'ai cru comprendre que vous aviez un moyen.

- Oui Capitaine, je crois pouvoir le trouver.

- Faite alors, je veux savoir ce que c'est et le détruire si nécessaire, notre mission doit rester secrète.

Quintus s'installa à sa place, tous autour s'occupe de leur mission avec sérieux, il ne put s'empêcher de sourire devant l'efficacité et la compétence de cette nouvelle équipe. Se sachant découvert le destroyer Méréen augmenta sa vitesse, le *Commandant Teste* eut de la peine à garder ses distances, il n'est pas très rapide. Voyant l'*Alpino* s'approcher rapidement, ils le virent s'aligner sur la trajectoire du navire comme s'il prépare ses torpilles. A la barre, Rodrigue est tendu, près à virer à tout moment. Sur la passerelle c'est l'incompréhension, pourquoi un navire allié les attaques, le Grand-Amiral ne peut avoir donné cet ordre.

Soudain l'*Alpino* ouvrit le feu avec ses deux tourelles, les deux obus fusèrent dans l'océan et frappèrent une colline à plusieurs mètres du *Teste*. S'ensuivit un tir nourri dans cette direction.

- Le truc est là, s'exclama Sylvestre, ils nous défendent ?

- Il faut croire, grogna Géraud, une minute.

Sur les écrans apparut une image des caméras des hydronefs, tous se turent pour regarder leur invité et bien peu comprirent ce qu'ils regardent, dans l'obscurité des fonds le bâtiment file discrètement, d'une longueur de soixante-sept mètres, de faible tonnage, le navire essai de disparaitre dans les haut-fond tandis qu'il est poursuivi par le destroyer, sur sa coque brille une peinture carrée, un drapeau rouge au delta blanc. Sur la passerelle c'est la surprise totale face à cet ennemi inattendu, soudain Quintus se leva et cria.

- Remonté rapide ! Profondeur cent mètres !

Le *Teste* eut une embardé quand le navigateur appuya sur la vidange rapide des ballasts avant, la proue se leva brusquement et pris une trajectoire de remonté brutale, bien des officiers furent propulsés au sol mais ils purent voir les quatre torpilles de cinq-cent passer sous l'étrave. Elles continuèrent plusieurs mètres puis explosèrent. Le Capitaine reprenant sa place cria à son tour ses ordres.

- Lieutenant Ave, coulez-moi cet engin ! Ordre d'attaquer le tube !

- Un tube ! C'est incroyable dit alors Bertille après avoir envoyé ses aquanefs.

- C'est, c'est inique, ces engins sont lents, mal armés pour les batailles aquatiques, je ne comprends pas les Atlantes, dit Quintus.

- Dans tous les cas, il est un danger, à la barre, demi-tour complet, nous devons le détruire, ordonna Urbain.

- Aux artilleurs, aux postes de combat, alerte rouge, beugla Bertille dans son micro interne.

- Monsieur Ilit, pensez-vous qu'ils puissent recharger rapidement ?

- Je ne sais pas Capitaine, je ne connais pas ces engins, je ne pense pas, c'est terrien, mais je pense qu'il faut les prendre par le flan, le peu d'engin de ce type que j'ai observé n'ont pas d'arme sur les côtés, peut-être un canon mais guère plus.

Devant eux, le destroyer *Alpino* continu ses tirs, les boules brulantes apparaissent un peu partout dans les eaux, il n'a manifestement pas trouvé sa cible. Sur le *Teste*, Géraud reste concentré sur le destroyer, tout en cherchant les traces de sillage du sous-marin Terrien. Enfin les pilotes du navire informe leur supérieur qu'ils ont détecté le bâtiment, ayant l'autorisation de Bertille, ils engagèrent la bataille.

Tournant rapidement dans les courants, les quatre hydronefs armes leurs torpilles, de part leur plus grande taille ils peuvent embarquer de grande charge, bien que l'attaque se fasse dans les fonds la luminosité reste acceptable et quelques rayons tremblant du soleil glissent sur les carlingues des engins. Dans un parfait alignement deux des aquanefs tournèrent le sous-marin qui ouvra le feu avec les deux tourelles sur son kiosque, las cela reste insuffisant pour arrêter les aquanefs du *Commandant Teste*. Lâchant les torpilles en calculant la trajectoire du bâtiment, les hydronefs quittèrent la zone de tir ennemi. Les deux torpilles fusèrent vers la coque du *U-47* en silence, pourtant, dans un sursaut, le sous-marin vira brutalement sur tribord, les armes le ratant alors, avant de partir exploser dans le lointain. Dans sa manœuvre d'urgence il n'a pas remarqué se tourner vers le destroyer Méréen qui ouvra alors le feu sur lui dans un concert de canon, le *U-47* utilisa également son unique canon avant pour répliquer.

Mais chacun occupé à se battre, ils ne virent pas les deux autres aquanefs larguer ses projectiles sur la trajectoire du sous-marin. Peut-être pour éviter un tir de torpilles direct de son ennemi, l'*Alpino* vira soudain sur bâbord tout en arrêtant son attaque, le *U-47* continua sur sa trajectoire, incapable de manœuvrer plus rapidement, les deux projectiles du *Teste* le cueillirent en plein flan, ces navires ne sont pas conçus pour résister à une attaque directe et il explosa dans une grande fureur, une intense boule de lumière brulante le brisant en deux par le centre.

27

Sur le *Commandant Teste*, ou les quatre hydronefs sont revenus, c'est le choc. Beaucoup n'ont jamais détruit un ennemi, ou même tué des personnes dans une attaque directe, certes le royaume est en guerre mais les combats semblent loin d'eux. Devant leurs yeux coulent les restes du sous-marin avec les trente membres de son équipage et bien qu'ils soient Atlantes, les cœurs son lourd. Une nouvelle épreuve morale les attend pourtant encore.

Lors de l'explosion du *U-47* des débris ont volés dans tout les sens et l'un d'eux a frappé le destroyer *Alpino* à la poupe, bien que celui-ci ne soit pas en danger immédiat il semble immobilisé, son gouvernail principal étant endommagé. Mais à la surprise générale le Capitaine Gam ordonna le départ de la zone et la reprise du cap initial, sans délais, et plus surprenant encore le Lieutenant Ilit l'approuva.

- Capitaine, ils sont en perdition, le Code Naval …, argumenta Quintus.

- Nous sommes obligés de les laisser en l'état, Lieutenant, nous avons une mission et leur présence nous gêne. N'oubliez pas le secret, dit durement le Capitaine en plongeant son regard dans celui de son second.

- Si le Seigneur de la Mer nous a donné une escorte, nous le saurions il me semble, laissons-les ici et partons, ce sont des dégâts légers, ils peuvent réparer en quelques jours, abonda Géraud.

- Mais …

- C'est un ordre Lieutenant Far ! S'énerva Urbain.

- Oui Capitaine, se rendit Quintus, pilote en avant vitesse trois quart, cap au nord.

- En avant toute, Lieutenant, nous sommes déjà en retard sur les prévisions, ordonna le Capitaine.

- Quintus, je peux vous parler, demanda doucement Géraud avec un regard discret vers le Capitaine.

- Je me retire, Lieutenant, la passerelle est à vous, tenez le cap ! Dit Urbain avec un regard dur. Lieutenant Ave, je souhaite que vous mainteniez les patrouilles d'aquanefs, un rapport journalier je vous prie.

- Oui, Capitaine, dit Bertille avec le rouge aux joues.

Rejoignant Quintus à son poste, Géraud semble ennuyé, il reste hésitant, ce qui cette fois agace le jeune officier.

- Votre manie du secret tourne à l'obsession, que voulez-vous ! Nous devrions au moins signaler leur position au Detroit.

- Et ils sauront où nous sommes également, ce n'est pas acceptable, vous le savez.

- Oui, sans doute, soupira le jeune homme, mais je ne suis pas le seul à être gêné je pense.

- J'ai besoin que vous consultiez l'ordinateur central, coupa Géraud.

- Et pour quoi encore ? D'autres soupçons sur un membre de l'équipage ?

- Non, sur ce navire en fait, dit l'Ingénieur en chef en montrant le destroyer qui disparait dans les flots.

- Demandez à vos amis, ils en savent bien assez, lança irrité Quintus.

- Ce sera trop long et seul un officier supérieur peut avoir ces informations.

Soupirant plus encore, Quintus quitta sa place et s'installa à celle du Capitaine, personne n'en fit cas sur la passerelle si ce n'est Bertille qui leur jeta un regard soupçonneux. Ouvrant les menus, il entra sur l'espace sécurisé de l'Arsenal et ouvrit la communication avec son numéro d'immatriculation secret.

- Entrez : situation du destroyer Alpino, code M-107.

- Je ne vois vraiment pas ce que nous faisons, si …

Sur son écran une qualification Secret Défense niveau trois apparue, seul un Amiral peut consulter ces dossiers. Quintus tapa encore et n'appris seulement que le dossier de l'*Alpino* a été mis sous scellé sur ordre direct du Grand-Amiral, voilà plusieurs mois.

- Nous sommes bloqués, comment savoir ce que je cherche, grogna Géraud. C'est très important pour la sécurité du navire.

Le regardant dans les yeux, Quintus vit qu'il ne plaisante pas, aussi il se leva et appela.

- Second-Lieutenant Dam, venez je vous prie.

- Mais que faite vous ? S'alarma le Lieutenant Ilit.

- Sylvestre, pouvez vous briser ce code d'interdiction ? Sans question et en silence.

- He bien, dit Sylvestre sans autres formes d'émotion, un niveau trois, qui date un peu, je pense que oui, mais ils risquent de le voir et ce va prendre du temps.

- Faite, s'il vous plait.

- Oui, Lieutenant, je m'en occupe, mais c'est votre code d'identification qui sortira si nécessaire.

- Je suis le fils de Denis Far, ils doivent bien se douter que je ne respecte pas toutes les règles et l'Amiral Ving ne m'apprécie déjà pas vraiment, sourit Quintus.

Le lendemain, c'est un Sylvestre épuisé mais ravi qui entra en trombe au mess des officiers. Il se dirigea directement sur Quintus et Géraud qui déjeunent ensemble.

- C'est bon Lieutenant Far, j'ai brisé le code, je ne sais pas s'ils l'ont remarqué.

- Quelque chose me dit que quand bien même, ils ne diront rien, le calma Géraud.

- C'est bien probable Lieutenant, ce dossier est très curieux, il a été retiré des archives et reste consultable que sur autorisation de l'Amiral Ving en personne. Mais ils ne l'ont pas supprimé de toutes les bases de données, j'ai bizarrement trouvé une sauvegarde au service des communications de l'Amirauté qui l'a placé en surveillance.

- Ça c'est très curieux en effet, s'intéressa soudain Quintus.

- Et donc ? Demanda l'Ingénieur avec impatience.

- Ha ! oui, l'*Alpino* est porté disparu depuis presque un an, révéla le Second-Lieutenant avec excitation.

- Disparu ! Nous l'avions sous le nez mon garçon.

- Le rapport stipule que lors de sa dernière mission de transport il n'est jamais arrivé à sa destination, ne trouvant aucun débris ni épave, l'Amirauté l'a classé disparu, mais l'enquête avance la possible rencontre avec une escadre Atlante signalées par plusieurs navires de passage.

Plongeant dans ses pensées, Quintus en sorti ahuri, ses souvenirs lui révélant des questions plus nombreuses encore.

- Il y a un an, pensa-t-il. Si je me souviens bien la ligne de front avait largement avancé, le Grand-Amiral était dans une situation complexe, la presse le martelant pour ses erreurs de stratégie.

- Oui, je me souviens, mais quelle importance un pauvre destroyer pourrait avoir pour Ving.

- Il pourrait avoir été arraisonné et capturé, avança timidement l'officier communication en tripotant l'insigne de son Corp à son col, un cor de chasse en or.

- Peut-être lui sourit Quintus, cela aurait été la goutte d'eau dans les bulles de la chaudière, un équipage prisonnier, un navire, même modeste en moins, il aurait caché cette affaire sciemment ?

- On voit que vous ne connaissez pas Firmin Ving, étouffer cette tache dans sa carrière ne serait pas étonnant, il les a sacrifiés pour son compte, dit durement Géraud.

Sans compter qu'il laisse ce navire bourré d'Atlantes marcher sur nos terres, avança Sylvestre étonné. Ils nous suivent depuis la sortie du Passage, au moins, et les dieux seuls savent comment.

- Nous avons notre idée, je vous remercie de votre aide.

- Ce n'est rien Lieutenant, signifia Sylvestre avant de les laisser.

- Je dois en informer la Dauphine, elle saura quoi faire.

- Je suis d'accord, mais nous devons surveiller l'équipage, l'espion ne doit plus rester dans l'ombre, nous devons le trouver !

28

Les jours suivant furent intenses, le navire court dans les flots, utilisant les courants montant pour mettre un maximum de distance entre eux et le destroyer. Le Capitaine vient sans cesse demander si celui-ci est dans le sillage, mais les patrouilles ne détectent rien ni personne, Sylvestre et Géraud ont mis au point un nouveau système de radar plus poussés pour détecter les éventuels tubes Atlantes, bien que de l'avis de tous ce ne soit qu'une expérience et que le *U-47* était unique. D'un commun accord, Quintus et l'Ingénieur en chef ont décidés de ne pas divulguer leurs informations, même le Capitaine reste en dehors de cette affaire, au moins le temps d'avoir des preuves tangibles.

Rendu dans les eaux moins profondes des cotes nord, le *Commandant Teste* réduisit sa vitesse et plongea au plus près du sol océanique.

- Tous les officiers supérieurs à la salle de conférence, indiqua la voix du poste central, Premier-Lieutenant To à la passerelle.

- Bien, je vous ai réuni pour planifier le reste de notre mission, déclara le Capitaine une fois qu'ils furent tous présents.

- Je ne comprends pas pourquoi nous perdons notre temps ici, il n'y a aucuns sites de recherche ! S'indigna le Premier-Lieutenant Roseline Lia.

- Je ne crois pas que vous ayez la parole mademoiselle Lia, coupa Quintus, nous avons aussi d'autres missions.

- Certes, Roseline, mon Second à raison, nous devons effectuer plusieurs missions pour la Couronne, j'ai souhaité que nous venions ici afin que vous puissiez étudier les déchets des Terriens ?

- Oui Capitaine, se calma le maitre de recherche en rougissant légèrement.

- Bien, je souhaite que l'ensemble de l'équipage reste en alerte jaune, le destroyer *Alpino* reste à notre recherche et il est mieux que nous soyons seul et nous ne devons pas négliger les Terriens, il y a une importante base militaire près de nous. En attendant j'ordonne un diagnostic de tous les systèmes. Second-Lieutenant Kom je souhaite que vous prépariez un chasseur adapté aux eaux peu profondes.

- Oui, Capitaine.

- Lieutenant Ave, nous devons rester discret, aussi les aquanefs resteront à bord, mais que les escadrilles soient prêtes. Les artilleurs resteront à leurs postes également, le chasseur de monsieur Kom sera la seule patrouille.

- C'est compris Capitaine.

- Monsieur Dam, les radars doivent être à leur
maximum, nous devons contrôler tant la
surface que les fonds.

- Mademoiselle Pam, j'ai cru comprendre que le
Premier-Lieutenant Lia à des questions
scientifiques pour vous, mais que l'infirmerie
reste prête.

- Oui, Capitaine, mes services sont en ordre de
bataille.

- Parfait, Lieutenant Oc, que le navire reste en
stationnaire à une dizaine de mètre du sol, je
veux pouvoir manœuvrer.

- Ne vaudrait-il pas le poser directement ? De
cette manière vous pourriez utiliser mon
système de camouflage, intervint Géraud.

- Non, Lieutenant, je veux pouvoir bouger en cas
de nécessité et je ne crois pas qu'il y ait un
véritable danger d'être repéré.

- Mais …, d'accord Capitaine.

- Bien, vous avez vos taches, lieutenants Far et
Ilit, restez ici. Lieutenant Ilit, nous avons une
mission spéciale sur ordre du prince …, du
Seigneur de la Mer, indiqua Urbain une fois
que tous furent sortis, non sans que Géraud ne
fasse un grand sourire au Médecin-chef en la
croisant.

- Je vois, que devons-nous faire Capitaine ? Demanda Géraud qui connait déjà la mission ayant été informé par la princesse Marthe avant leur départ.

- Nous devons retrouver et inspecter la capsule de recherche de Denis Far, nous savons qu'elle est par ici, mais pas son emplacement exact. Vous allez, avec le Lieutenant Far, rechercher cette capsule avec un aquanef pour rester discret.

- Quintus va piloter ? Je pensais que vous n'aimiez pas cela ?

- Nous ne pouvons pas impliquer d'autres officiers, nous sommes les seuls à être au courant de cette mission, dit Quintus avec dépit.

- Que cherchons nous ?

- Nous devons trouver les cahiers de recherche de mon père, le Seigneur Gustave pense qu'ils contiennent des informations primordiales et stratégiques sur des constructions navales. C'est aussi ce que veulent les Atlantes, il nous faut être prudent, révéla Quintus, surtout avec cet espion à bord, ajouta l'Officier en second sous le regard attentif du Capitaine.

- Je vois, je vais installer des outils sur l'aquanef pour nous faciliter la tâche.

- Parfait, vous partez dès que possible.

Laissant ses deux officiers préparer leur départ, le Capitaine regagna la passerelle ou il servira de lien avec l'engin de recherche. Quintus accompagna Géraud aux hangars de poupes, sur le chemin il croisa plusieurs membres de l'équipage qui le saluèrent avec chaleur et respect. Depuis son embarquement le jeune homme à bien pris soin de prendre ses fonctions d'Officier en second avec sérieux, il a répondu à toutes les requêtes, arbitré au mieux les conflits et su guider les divers officiers dans le besoin. De même, les équipes de sécurité ont trouvé une personne disponible et attentive à leur mission. Tandis qu'ils traversent les divers ponts du navire vers la poupe, Quintus demanda avec un léger sourire de connivence.

- Dites moi Géraud, je remarque que vos relations avec le Lieutenant Pam se sont améliorées ?

- Oui, pourquoi ? Alida est une femme charmante quand ont la connait bien, répondit l'Ingénieur sur la défensive.

- Je n'en doute pas, c'est bien mieux si je n'ai pas de conflits entre les officiers supérieurs à gérer.

- Aucuns risques, nous avons fait plus ample connaissance et partageons des points communs, elle m'est très sympathique.

- Des points communs, vraiment ? Je suis ravi pour vous.

- Et vous mon garçon, je n'ai pas manqué vos regards envers le Lieutenant Ave, vous la regardez comme un jeune dauphin devant un banc de sardines, interrogea Géraud pour couper court.

- Je ne vois pas de quoi vous parlez ! S'alarma Quintus, j'apprécie son professionnalisme, c'est tout.

- Je vois, sourit l'Ingénieur.

Le reste du trajet se déroula dans un silence gênant, par souci de discrétion, ils traversèrent les quartiers de l'équipage afin de ne pas passer par le grand hangar central couvrant les trois quarts du navire ou les équipes sont en pleine préparation des escadrilles d'hydronefs. Les deux hommes débouchèrent devant les deux grandes portes coulissantes arrières donnant sur l'espace de poupe. Ils se préparèrent pour leur scène, tout en grimpant les dernières marches Quintus s'écria assez fort.

- Mais puisque je vous dis que j'en suis parfaitement capable !

- Je ne doute pas de vos qualités de pilote Lieutenant, mais vous n'avez pas utilisé un aquanef depuis l'Académie, c'est assez long, cria aussitôt Géraud.

- Je suis certain que j'arriverais à piloter un engin si je le souhaite, repris Quintus sous les sourires amicaux des mécaniciens et pilotes présent sur le pont d'envol.

- Vous savez que le Capitaine est d'accord avec
  moi, je ne crois pas que ce soit une bonne
  chose, soupira l'Ingénieur.

- Et bien nous allons voir, s'écria avec hauteur le
  jeune homme, Second-Lieutenant Kom !

- Oui, Lieutenant ?

- Je crois savoir qu'une patrouille est prévu, avez-
  vous l'équipement pour que je puisse piloter
  moi-même ?

- Vous-même Lieutenant ? J'ai bien un aquanef
  prêt mais … joua Giovanni.

- Très bien, Premier-Lieutenant To, préparez-le je
  vous prie, je prends la patrouille.

- Lieutenant ? Je … oui, en place !

- Ne vous inquiétez pas monsieur To, je pars avec
  lui, je ne vais le laisser se perdre sans être
  témoin, dit Géraud d'en air compatissant et
  amusé.

- Non mais je rêve, passez-moi l'équipement
  monsieur Kom. Avertissez le Lieutenant Ave que
  je prends la patrouille ajouta-t-il pour l'officier
  aviation.

Préférant éviter de mettre toute l'attention sur leur
départ et leur mission, Géraud à convaincu son acolyte
et le Capitaine de jouer cette petite scène, de cette
manière l'espion ne peut qu'être pris de court.

Enfilant la tenue de pilote avec le casque adapté, ils attendirent que l'aquanef soit installé sur la catapulte de poupe, l'engin, un Vought SB2U Vindicator présente une belle livret bleu océan avec le trident noir sur sa carlingue et deux larges traits sur les départs des ailes. D'une longueur totale de dix mètres trente, il dispose de deux places, l'une pour le pilote et la seconde pour l'artilleur. Cet aquanef fait parti de la quinzaine d'engins embarqués pour assurer la protection du navire, les hydronefs n'étant pas assez leste pour ce type de mission.

Pour les Terriens, ce serait des avions sans ailes, seules les saillies de celle-ci sont encore présentes fermées par un arrondi qui permet à l'aquanef de garder son assiette dans les courants et de se diriger en profondeur. Bien entendu, les moteurs sont aquatiques tout comme l'acier les composants. Grimpant à bord avec la boule au ventre, Quintus s'installa aux commandes tandis que le Lieutenant Ilit pris place derrière à la mitrailleuse, comme l'a dit Géraud le jeune homme n'a plus piloté depuis l'Académie ou il a eu bien des difficultés dans ce domaine, en réalité il ne comprend pas la passion de son frère pour ces engins. Regardant l'officier de pont, il indiqua être prêt et dans un mouvement de sa main le mécanicien libéra dans une secousse violente l'aquanef dans les ondes bleues de l'Atlantique.

29

Qu'est ce qu'il déteste cela, la pression augmente soudainement et ils sont alors propulsés en avant dans une grande brutalité, enfin le mouvement s'arrête pour laisser place au silence relatif du moteur et à une pression normale. Engoncé dans son cockpit, le jeune homme active son casque, celui-ci lui indiqua les informations relatives à la toponymie des lieux, devant lui les cadrans lui donnent les variables de navigation et les données techniques de l'appareil. Géraud entra les coordonnées de leur destination qui s'affichèrent sur leur visière ou s'active également les mouvements alentours. Quintus tient fermement les manches alors que les flots courent autour d'eux, les plus de deux tonnes coupent les courants et file rapidement à travers l'océan, vers la côte, à quelques kilomètres de là.

Pour bien des pilotes, c'est une incroyable sensation de liberté qui s'emparent d'eux lorsqu'ils embarquent dans leurs appareils. Pour Quintus, c'est une épreuve, il a toujours détesté piloter, il préfère sentir la force d'une passerelle robuste sous ses pieds que cette boite de métal. Devant eux les habitants de l'océan se retirent rapidement, des bancs de poissons scintillants glissent avec grâces en leur laissant le passage, leurs écrans indiquèrent tout aussi vite la présence Terrienne en surface, dans le vide un intense trafic se meut. Plus ils approchent de la côte, plus les Terriens sont présents, des bâtiments de plus en plus imposants se signalent sur les radars, Quintus plongea plus profond afin de rester le plus invisible possible.

- Je m'attendais à être un peu plus secoué, entendit-il soudain dans son casque.

- Je vous remercie de votre confiance.

- Ce n'est pas non plus mon meilleur voyage.

- Lieutenant Far ! Grogna la voix du Capitaine dans les écouteurs, que signifie cette facétie ?

- Juste une patrouille, Capitaine. Le Lieutenant Ilit avait quelques réticences à mon endroit pour le pilotage.

- Capitaine, laisser deux officiers supérieurs sans surveillance n'est pas envisageable, la sécurité du navire, … Dit la voix affolée de Bertille derrière.

- Je sais, Lieutenant, ce n'est qu'une patrouille. Je vous attends dans mon bureau dès votre retour, tous les deux.

- Oui, Capitaine, dit Quintus avec morosité.

- En attendant, je ne vous lâche pas, repris Bertille.

- Ça, j'en doute, murmura Géraud en appuyant sur une touche d'un de ces appareils.

- Nous sommes invisibles ?

Oui, en avant mon garçon.

Quintus mis les gaz, comme dise mystérieusement les pilotes. Les manettes des engins Marins sont très différentes de celles d'origines, les aquanefs sont pourvu de deux manettes en forme de poignées qui se manœuvrent en même temps, elles sont disposées de chaque coté du pilote qui les empoigne avec chaque main. En poussant l'aquanef accélère, on tire pour réduire la vitesse ou stopper. Ces leviers servent aussi à manœuvrer et disposent près des pouces de gâchettes de tir des mitrailleuses, les torpilles ou missiles trouvent leurs dispositifs de tir sur le panneau de contrôle devant le pilote ou sont gérées par l'artilleur. Ce système est plus intuitif et efficace que l'ancien modèle reprenant les systèmes Terriens, il permet de meilleures qualités de navigation dans des courants parfois violents.

L'aquanef traversa la longue distance qui les séparent dc la côtc, aucun des deux ne sait ou chercher le dispositif de surveillance de Denis, sa position étant inconnue. Quintus décida de laisser son instinct parler, il se dirigea vers l'entrée de la rade, passant entre les deux bouts de terre, il sait la présence d'un fort près de leur position, le fort Terrien n'est pas un danger pour eux, mais la présence accrue de tube, oui. Le jeune homme sait que cette région sert de port d'attache pour les nombreux tubes Terrien et il préfère ne pas les croiser. Aussi il décida de virer vers le centre du golfe afin d'avoir une vue d'ensemble de la zone à couvrir.

- Puisque nous en sommes aux confidences, je ne comprends pas votre parcours, déclara brut Géraud.

- Comment cela ?

- Comment avez-vous fini à l'Intendance ? Je veux dire vous êtes un bon officier, j'avoue que j'avais une certaine réticence à ce que l'ont vous confie le *Teste*, mais vous avez un bon sens du commandement, c'est une bonne chose, grogna l'Ingénieur.

- Depuis toujours, j'estime que ce n'est pas ma place, je ne suis dans la Flotte que pour faire plaisir à mon beau-père, mais je reste un historien dans l'âme, répondit Quintus après un long silence.

- Il est vrai que Gildas n'est pas la personne la plus intuitive, ni la plus diplomate qui soit. Qu'est ce qui a changé ?

- J'aime le *Teste*, ce navire me permet d'allier l'histoire avec une carrière navale, de fait j'ai pris sur moi pour faire de mon mieux. Vous connaissez Gildas ?

- Un peu oui, vous y arrivez très bien, mon garçon, je suis content que vous soyez à bord, bien que de suite j'aimerais plutôt être sur le navire que dans cette boite de métal.

- Pourquoi je ne serais pas étonné que Gildas Oms fasse partie des agents de la princesse ? Dit soudain le Lieutenant.

- Hum ?

- Je vois, je ne pense pas que mon père se soit trop approché des Terriens, je crois que nous devrions chercher dans ce secteur.

- Connaissant Denis, il doit avoir disposé son laboratoire dans un espace stratégique ou il pouvait voir l'arsenal Terrien sans être détecté.

Géraud sorti un appareil muni de nombreuses antennes, il expliqua qu'il a conçu un détecteur de métal aquatique. Quintus comprit qu'effectivement le dispositif se doit d'être en métal sous-marin afin de ne pas être détecté par les Terriens, c'est logique pensât-il. Allumant l'objet il commença à chercher un signal dans toutes les directions, quand il trouva un écho l'objet vibra et une aiguille indiqua la zone de recherche, l'officier vira immédiatement vers la piste donnée.

De prime abord, rien ici ne donne l'indication de la présence d'un laboratoire secret, le sol est couvert de vase, d'algues et de divers déchets terriens. Géraud amplifia le signal et enfin une masse apparue, une maigre bosse dans la gangue du sol maritime. Quintus eu un frisson, depuis tellement longtemps il entend parler des travaux de son père, depuis de si longues années il rêve de suivre ses pas. Avec un regard, il fit comprendre qu'il doit sortir, posant l'aquanef sur un point plus ou moins stable il se libéra des harnais de retenant dans le cockpit, Géraud fit rapidement de même. Nageant vers l'objet ils furent étonnés de rencontrer un large tube sur une simple bosse de quelques mètres de diamètre.

Sur ce tube, ils trouvèrent un écran de contrôle éteint, couvert de bernicles, il faut avoir une sacrée vision pour le remarquer, ou savoir sa présence. Géraud appuya sur les boutons mais rien n'y fit, aucune réaction, regardant Quintus il lui proposa d'essayer. Lorsque le jeune homme posa son doigt sur l'appareil il se mit à vibrer et s'alluma, un message apparu et demanda un code d'accès.

- Une idée ? Demanda Géraud.

- Non, aucune, peut-être Ada ?

- Non, c'est trop évident, j'essaye, … non plus. Denis se plaignait d'avoir une soi-disant mauvaise mémoire, il doit avoir choisi quelque chose d'évident, sinon je vais devoir le forcer.

- Nous devons faire vite, l'espion va finir par comprendre. Peut-être, …

- Qu'avez-vous marqué, je ne connais pas ce symbole ?

- C'est ce que signifie mon prénom, en Terrien, le cinquième Far, « 5 ».

- Incroyable ! Denis était aussi ingénieux que sa femme.

Devant eux, le laboratoire s'éleva lentement, sortant avec difficulté de sa prison de vase, une boule blanche de la taille d'une chaloupe, la trappe d'accès cliqueta mais ne s'ouvrit pas.

- Evidemment ! Depuis le temps le mécanisme est grippé, je m'en occupe. Grogna l'ingénieur.

Enfin, la trappe s'ouvrit, un espace arrondi, telle la porte d'un grand aquanef de voyage, leur laissa le passage. Descendant un petit escalier, l'intérieur s'illumina immédiatement, un rond de lumière orange court sur tout le plafond du même blanc pur que le reste de la capsule, laissant une luminosité douce et apaisante. Avant d'entrer ils laissent l'eau se dégager, trente années d'eaux filtrée défilèrent doucement sous leurs yeux. Enfin ils purent admirer le travail des parents Far. L'espace est divisé en deux parties, d'un coté se trouve le lieu de vie, avec un magnifique hydrobulle encastré dans le renforcement de la paroi arrondie entouré de nombreux livres virtuels, un petit lieu servant de cuisine et un autre de table à manger continu cette partie. L'autre laissa un éclat de plaisir et de surprise sur le visage buriné de Géraud, au centre un bureau encadré de nombreux écrans ronds ou ovales ou devaient circuler les informations scientifiques et sociales du chercheur, autour des espaces de stockage ou restent patiemment installés des rouleaux de recherche emprisonnant les résultats de Denis.

L'ingénieur touche avec une grande émotion ces merveilles de technologie, Quintus lui, reste le regard bloqué sur l'hydrobulle et l'espace de vie. Dire que son père, qu'il n'a pas vraiment connu, vivait ici, travaillait ici, il a dû déjeuner de nombreuses fois sur cette table, manié ces livres avec douceur, il se sent soudain esseulé et triste. Un grognement le sorti de ses pensées.

- Ha ! Misère, ces rouleaux sont bloqués par un mécanisme et je n'arrive pas à allumer ces ordinateurs, il demande un code génétique, je crois bien que c'est ici que vous devez intervenir mon garçon.

- Je ne crois pas qu'ils aient prévu ma venue Géraud.

- Nous n'avons pas d'autre option, et Ada reste la personne la plus prévoyante que j'ai connu.

Le jeune Lieutenant approcha et posa sa main sur le panneau central, aussitôt, comme si ces machines n'avaient jamais connu de fin, un rayon consulta ses empreintes, un cliquetis se fit entendre et les écrans s'allumèrent devant leur yeux surpris. Une sorte de lunette descendit lentement du plafond et se posa devant le grand fauteuil. Un écran tactile s'illumina brutalement avec une dizaine de touches diverses.

- Ce ressemble aux systèmes de visée des tubes terriens, dit l'ingénieur en pensant tout haut. J'ai accès aux documents, je vais pouvoir les charger sur ma capsule de stockage.

- Bien, commencez, nous devons partir, le temps court.

- Mais, qu'est ce que c'est que ça, il y a un problème je ne comprends pas cette écriture ! S'exclama Géraud en regardant les écrans avec fureur.

- C'est incroyable ! Je me souviens, c'est un langage Terrien, du franc je crois, mon père l'avait appris, j'ai quelques mots en tête.

- Brillant ! Ainsi même en passant les barrières techniques un éventuel agresseur ne comprendrait rien, ils étaient vraiment incroyables, et cela qu'est-ce ? S'interrogea l'homme en regardant dans la lunette. Ho ! les boutons commandent des caméras dans la rade, cela fonctionne toujours ! Je vois des Terriens ! Hurla presque l'officier.

- Quoi ! Laissez-moi voir, je n'en ai jamais vu.

Tandis que Géraud se remet de ses émotions avec difficulté, le jeune homme posa ses yeux sur les écrans de verre, aussitôt il vit un port, dans le vide, avec des manettes sur le coté de l'appareil il peut zoomer et voir de plus près les hommes et femmes marcher de cette démarche lourde et abrupte des Terriens. Aucun Marin en ce monde ne les a vu de la sorte, ils sont si différents d'eux, pensa Quintus. Mais son regard fut rapidement attiré par une énorme masse de métal flottante sur le miroir, un navire de guerre se tient juste devant ses yeux ébahi, D650 est inscrit sur sa coque si incroyable, ses lignes sont si complexes qu'il ne peut se résoudre à comprendre comment ce bâtiment existe, il est totalement différent de leur navire, un mélange entre les croiseurs et les destroyers de leur Flotte, et bien plus avancé également, la structure de ce navire est surprenante et magnifique, une recherche aboutie entre les lois martiales et la beauté des lignes, admirant sa structure alliant grâce et puissance en changeant de caméra il put lire, avec sa maigre notions de Franc, le nom sur sa poupe, *Aquitaine*.

Il senti le coup sur son bras et sorti de sa contemplation, il comprend comment son père a put vouer sa vie à cette étude. Quand il regarda avec émerveillement son collègue il remarqua son air inquiet, dans sa main le communicateur de l'aquanef brille de mille feux, le *Teste* à des problèmes.

30

Revenant en vitesse à l'aquanef, les deux hommes s'installèrent et quittèrent les lieux rapidement, avant de partir, Quintus, par intuition, lança une recherche sur l'ordinateur puis referma avec émotion la capsule de son père. Sur les ondes, ils entendirent les rumeurs d'un combat, le navire a dû être retrouvé par le destroyer *Alpino* ou pire encore, par une escadre Atlante. Tranchant les courants, l'aquanef court dans les vagues, un sentiment de terreur enserre le jeune homme, il est responsable de la sécurité du navire, il aurait dû appuyer Géraud pour le camouflage, pourvu qu'ils puissent les rejoindre à temps.

Alors qu'ils passent une colline marine couvertes de magnifiques algues colorées, une volée de balles aquatiques les ratèrent de peu, cherchant leur agresseur ils virent avec surprise et terreur le destroyer ennemi les prendre en chasse, une pluie de projectile les encadre, ils restent, malgré les manœuvres de Quintus, sous le feu Atlante.

- Voila pourquoi je déteste piloter, grogna l'Officier en second en essayant de gruger les artilleurs sans y parvenir.

- Je ne crois pas qu'ils cherchent à nous descendre, ils veulent nous arraisonner. La radio ne dit plus rien, c'était un leurre !

- Et puis quoi encore, s'emporta Quintus. Je ne compte pas être attrapé, je ne suis pas le meilleur pilote de la Flotte mais je vais nous sortir de là !

Un cri sorti de sa bouche quand les bombes anti-aquanef furent lancées, des boules de lumière brulantes explosent autour de l'engin, bien que bousculé il parvint à garder l'assiette. Derrière lui, Géraud arme la mitrailleuse, outil bien dérisoire contre un destroyer mais ils n'ont pas eu le loisir d'embarquer des armes lourdes. Sur l'*Alpino* les hommes portent leurs uniformes rouge et le pavillon Atlante flotte brutalement au mat du bâtiment, le temps des cachoteries est révolu manifestement. Le feu devient de plus en plus nourri et des morceaux de l'aquanef sont restés dans le sillage de l'appareil. Poussant le moteur, Quintus garde ses distances mais le destroyer reste proche et peux tirer en continu, l'ingénieur tire sur celui-ci mais la portée est inférieure, d'autant plus qu'il ne semble pas maitriser cet outil.

Parcourant rapidement les miles, l'aquanef gagne du terrain, il reste plus rapide qu'un navire mais les Atlantes ne lâche rien, ils doivent récupérer les informations de la capsule, coûte que coûte. Voyant un ravin le jeune homme s'y engouffra rapidement et ralenti sa vitesse afin d'éviter les parois acérées, au-dessus les Atlantes passe lentement.

>   - Bien-sûr nous cacher est la meilleure solution râla Géraud, ils vont nous lâcher des bombes et ce sera fini, vous croyiez qu'il ne nous verrait pas ?

- En fait, oui, j'ai cru être assez loin et je me suis trompé, je ne crois pas qu'ils largueront des bombes, ils pourraient détruire les informations.

- Sans doute, Héphaïstos vous entende.

Soudain la radio se mit en marche, les deux hommes sursautèrent en entendant la voix familière de Sylvestre.

- Lieutenants ? Nous avons capté votre balise, nous arrivons.

Sans réfléchir Quintus mis les gaz, sortant de la faille comme une murène de sa cache, l'aquanef passa devant l'ennemi à pleine vitesse sans qu'il n'ait le temps de réagir. Scrutant sa boussole, le jeune Marin mit le cap sur le *Commandant Teste* suivit prestement par l'*Alpino*. Quand ils virent enfin une volée d'aquanefs à l'horizon ils poussèrent un soupir de satisfaction. Mais derrière les avis ne sont pas les mêmes, le Capitaine Atlante semble avoir décidé de changer de cap, les bombes se firent plus dru, les tirs plus nourrit et précis, plutôt détruire l'appareil que les laisser fuir.

Poussant sa vitesse, Quintus sorti enfin de sa portée de tir, mais ce fut alors des obus qui fusèrent, l'*Alpino* sort sa batterie principale, bien qu'il soit improbable qu'ils puissent toucher une si petite cible. Mais les renforts ne tardèrent pas à agir, voyant le pavillon ennemi les pilotes ne prirent pas de gant, armés de torpilles et de roquettes, ils attaquèrent le destroyer avec rage. Quelques minutes plus tard c'est une seconde vague d'appareil qui les croisèrent en les saluant et enfin la silhouette apaisante du porte-aquanef apparut.

Laissant le système automatique les guider et les faire accoster sans douceur sur la catapulte de poupe, ils descendirent avec plaisir de cette boite de métal. Quintus ne put qu'admirer les qualités d'organisation de Bertille, le personnel de pont est en pleine possession de ses moyens, quatre nouveaux appareils sont en préparation sur le pont principal dont trois déjà en court de catapultage, les équipes de pont peuvent lancer quatre hydronefs en sept minutes, soit deux escadrilles en un quart d'heure, sans compter les aquanefs de poupe, plus adaptés à la défense, mais disposant que d'une seule catapulte.

Traversant rapidement le navire, les deux acolytes se séparèrent avant la passerelle, Géraud gagnant son poste à la salle des machines, tandis que Quintus rejoint son siège de Second sous le regard interrogateur du Capitaine.

- Bien amusé monsieur Far ? Demanda-t-il avec une fausse colère dans la voix.

- Nous avons fait de bien mauvaise rencontre Capitaine, mais le but est réalisé, monsieur Ilit m'en doit une.

- Je vois, nous réglerons cela plus tard, comment l'*Alpino* se permet de nous attaquer ? Je ne comprends pas.

- Ce sont des Atlantes, monsieur, ils ont capturé
et camouflé le navire pour nous gruger.

La surprise et le désarroi sont tout à coup sur son
visage, ses années semblent l'avoir rattrapées, le
regard vide, il a perdu toute réactivité sous le choc.
Voyant que le Capitaine ne réagit pas, Quintus prit les
choses en mains. En face malgré de nombreuses traces
de combat le destroyer marche à pleine vitesse vers le
porte-aquanef, bien plus lent bien qu'a vitesse
maximale, manœuvrant soudain le navire vira sur
tribord et esquiva une volée de torpille, ses armes anti-
aquanefs fendent les eaux, touchant les appareils
lourds de Mérée, regardant ses mouvements, ils
comprirent bien trop tard son objectif.

Trois fuseaux de métal quittèrent ses flans, parcourant
furieusement la distance entre les deux bâtiments ils
touchèrent le *Teste* sur sa poupe bâbord, la femme de
barre ayant eu le reflexe de virer pour éviter les
torpilles mais pas suffisamment vite pour que le navire
réagisse plus tôt.

- Salle des machines touchée Capitaine, cria
Sylvestre.

- Envoyez une escadrille supplémentaire,
ordonna Bertille.

- Equipes de sécurité en position, demanda
Quintus.

- De quel droit ces poulpes attaquent mon navire,
beugla soudains la voix de Géraud, nous
sommes en panne, perte d'énergie.

Bien que percuté par les roquettes des aquanefs, l'*Alpino* ouvrit le feu avec ses pièces principales, les parois du navire vibrèrent et des communications de dégâts s'ajoutèrent aux bruits percutant de la passerelle, une voix puissante et ferme coupa court et ordonna.

- Aux postes de combats, artilleurs à vos pièces, défendez le navire.

- Oui, Capitaine, dit Bertille.

- Tir par salves, feu à volonté, visez la structure au même point !

Aussitôt les artilleurs entrèrent en jeu, les six canons de cent millimètres tirèrent l'un après l'autre dans un déluge de feu, ne laissant pas de répit au destroyer encadré par les boules d'énergies brulantes et malgré le manque de calibre, le nombre de pièce l'emporta, d'autant plus que les artilleurs du *Teste* eurent la chance de briser deux des trois canons de l'*Alpino*, désarmé le navire essaya de fuir mais ce fut trois torpilles des derniers hydronefs qui trouvèrent son chemin, le navire explosa dans une grosse boule de lumière.

- Nous devons quitter les lieux au plus vite Capitaine, ça bouge en surface, les Terriens ont du remarquer le combat, et je capte des balises ennemies au sud et à l'ouest.

- Cap au nord en ce cas, Lieutenant Ilit faite courir cette dame, c'est urgent ! Ordonna Urbain.

- Nous avons repris les machines, il y a du dégât mais je dois pouvoir faire repartir les moteurs mais nous ne serons pas à pleine vitesse.

- En avant !

Le *Commandant Teste* vibra entièrement quand ses machines se remirent en route, bien que limité aux trois quarts de sa vitesse, il quitta la zone de combat, derrière eux la désintégration de l'acier aquatique est engagée, il n'y a pas d'épave chez les Marins. Sur les écrans radars deux Escadres Atlantes apparurent, mais l'approche des Terriens leur firent quitter leur trajectoire, permettant au navire Méréen de s'éloigner à sa faible vitesse dans une direction inattendu.

A bord, tous sont tendus, outre la destruction d'âmes humaines, ils sont dans une position complexe, sans toute sa puissance motrice, sans aucun soutien et face à deux Escadres puissantes contre lesquels ils n'ont que peu de chance, tous sont inquiet.

- Docteur Pam, rapport de situation, demanda Quintus à l'intercom.

- Une vingtaine de blessés à divers degrés, Lieutenant, nous avons la situation en main.

- Je vais me rendre sur place, déclara le Capitaine avec une voix faible, je dois être avec mes hommes, Lieutenant-Capitaine, la passerelle est à vous.

- Oui, Capitaine, répondit Quintus surpris.

Croisant le regard tout aussi interrogateur de Bertille, l'officier pris la place du Capitaine qui offre plus d'information sur la situation du navire.

- Lieutenant Ave, mettez en place une patrouille permanente, je veux contrôler l'espace aquatique, mais restez discret.

- Oui, Lieutenant, répondit la jeune femme en reprenant son sérieux habituel.

- Sylvestre, je veux savoir ou sont les navires ennemis, Enseigne Dil, un état général des dégâts s'il vous plait, Rodrigue, plongez au maximum possible, nous devons utiliser les courants naturels et trouvez-moi une trajectoire acceptable.

- Oui, Lieutenant, mais avec les ponts clos, il y a un risque de compression.

- Je sais, faite au mieux et gardez ce cap pour le moment.

- Je capte trois groupes en mouvement, nous n'aurons aucun soutien, la Troisième Escadre est engagée près de Canaria, l'escadre de l'*Ark Royal* se rend aussi sur place, intervint l'officier communication.

- Llod à vraiment tout prévu, sauf les Terriens, pensa Quintus tout haut. Qu'avez-vous monsieur Dam ?

- Deux escadres au sud et au sud ouest, une escadre légère vers l'ouest, nous pourrions passer par le Canal.

- Vous n'y pensez pas ! Coupa le Lieutenant Oc, il y a trop de Terriens, même à grande profondeur nous serions susceptibles d'être vu.

- Certes, mais ils ne suivront pas, pensa Quintus.

- Lieutenant ! C'est trop dangereux, je suis sûr que le Capitaine …

- Il n'est pas là Rodrigue, mais vous avez raison, cap nord-ouest, essayons la haute mer. Géraud, pouvez-vous nous donner la pleine puissance des machines ?

- Non, pas avant trois heures au moins, répondit l'intercom.

Quintus poussa un profond soupir, lâchant un lourd ensemble de bulles, ils sont mal engagés, le Capitaine est absent, l'ennemi est partout et ils sont lent, le mieux est certainement de filler plein nord, vers le territoire des Nordiens, ils pourront peut-être trouver un soutien et l'escadre légère reste la plus facile à défendre.

31

Trois jours, depuis l'attaque du navire par le faux destroyer Méréen, le *Commandant Teste* court devant ses poursuivants, toujours plus proche. Le seul avantage étant d'avoir récupéré sa vitesse maximale, les équipes de Géraud ayant fait des miracles, Quintus à géré les opérations sous le regard perdu du Capitaine Gam, toujours plongé dans ses mystérieuses pensées. Les Terriens ont abandonné les recherches, sûrement pleins de questions, mais laissant libre passage aux navires Atlantes, les trois groupes s'approchent toujours plus. Le Lieutenant Ave propose toujours d'attaquer avec les hydronefs les plus grosses escadres afin de les ralentir, mais le jeune Officier en second sait que ce n'est que perdre des hommes pour pas grand-chose, ils ne pourraient pas passer le barrage de feu de toute manière et quand bien même la perte d'une unité ne stopperait pas les autres, sans oublier que cela donnerait leur position exacte dans l'immensité atlantique qui reste leur seul espoir.

Approchant du soixantième degré nord, le porte-aquanef marche au plus vite, c'est là la frontière théorique du royaume du Nord, mais hélas aucune présence alliée. Derrière, les escadres Atlantes restent lentes de part leur volonté de garder leur formation, les cuirassés étant plus lourds, les autres bâtiments doivent se calquer sur leurs vitesses ce qui sauve le porte-aquanefs Meréen, pour le moment. Un autre avantage étant justement l'absence des porte-aquanefs ennemis, les puissants *Glorious, Courageous* et *Audacity*, pour Quintus cela est une aberration dans l'organisation de l'Amiral Llod, la logique étant d'utiliser ces navires primordiaux pour ralentir l'ennemi.

Il faut croire que le chef des Renseignements Atlante à quelques difficultés avec sa hiérarchie, tant mieux pour eux, sans cela, ils n'auraient jamais pu s'échapper. Toujours en recherche de secours, le jeune homme hésite à appeler les Nordiens, les informations qu'ils détiennent ne doivent pas tomber dans des mains autres que celles du Seigneur de la Mer. Autre sujet de doute, le Capitaine a totalement refusé de garder la capsule contenant les travaux de Denis Far. Il a déclaré au jeune homme qu'il préfère qu'elles restent cachées sous sa garde, même Géraud est resté dubitatif devant cette nouvelle, d'autant plus que Quintus à aperçu à plusieurs reprises des ombres le suivre, sa cabine semble sous surveillance, heureusement, il a dissimulé la capsule là ou personne n'ira la chercher. Revenant à ses problèmes immédiats, l'Officier en second souhaite avoir plus d'informations sur ses attaquants. En cela il rejoint l'avis de Bertille qui ne put cacher sa satisfaction en le voyant s'approcher d'elle.

- Lieutenant, envoyez deux escadrilles réduites vers le sud. Attention ! Juste de la reconnaissance, pas de contact, il me faut des images et que vos pilotes soit attentif aux appareils de patrouille.

- Oui, Lieutenant.

En quelques dizaines de minutes, ce fut quatre hydronefs qui quittèrent le navire, fusant en deux groupes vers le sud. Après avoir consulté le Capitaine, resté dans son bureau, l'Officier en second mis le cap sur Féroé, la plus proche ville du Nord, peut-être que les forces de ce royaume seront plus présentes.

- Lieutenant, je peux vous parler ? Demanda Sylvestre.

- Oui, dites-moi.

- Je suis perdu avec l'escadre légère, ils n'ont pas une formation classique.

- Comment cela, pas une formation classique ?

- Le premier navire est largement en tête et sa balise est éteinte, les autres, deux je pense, sont très loin derrière mais gagne en vitesse, déclara le Second-Lieutenant en montrant le radar.

- Ce ressemble plus à une fuite, intervint le Second-Lieutenant au poste de pilote juste à côté.

- Oui, c'est ça, rougit le jeune homme pas encore habitué à son grade équivalent.

- Nous pourrions passer par là Lieutenant, ils ne sont que trois contre douze au sud, ajouta l'officier navigation.

- J'ai le retour Lieutenant ! Coupa Bertille.

- Que voyez-vous ? Demanda Quintus signifiant aux deux officiers d'attendre ses ordres.

- Trois cuirassés à chaque escadres, escortés par une dizaine de destroyers chacun. Je vois le *Scharnhorst,* le *Der Grobe* et le *Konig Albert* d'une part et le *Hood* avec le *Kaiser* et le *Kaiserin* de l'autre.

- Les Seconde et Troisième Escadres donc, il a mis le paquet. Rappelez vos hommes. Appelez le Capitaine sur la passerelle.

Le Capitaine Gam sorti de son bureau le visage fermé, depuis plusieurs jours Quintus envisage qu'il a découvert l'identité de l'espion et qu'il cherche à le confondre, dans tous les cas il n'est plus alerte et doit être remis sur pied rapidement, voyant Quintus il s'approcha rapidement et lui dit avec fièvre.

- Far ! Je dois vous parler, a propos de la capsule, de la mission, dans mon bureau.

- Je comprends Capitaine, mais je pense que nous avons plus urgent, que devons-nous faire ? Le coupa Quintus en montrant les écrans et en lui expliquant les options.

Urbain Gam regarda longuement les trois traces sur le radar, comprenant rapidement la situation critique, son visage se figea de stupéfaction et il regarda autour de lui comme s'il voyait des morts en sursit, son regard parla pour lui, un air de désolation et de tristesse s'empara de ses traits. Voyant son apathie, son Second se permis un geste interdit, il posa sa main sur son bras droit et le regardant dans les yeux lui dit durement.

- Urbain, nous avons besoin de vous, de votre présence, de votre expérience, vous êtes le Capitaine du navire.

- Je suis le Capitaine, croassa l'homme, puis plus fermement : je suis le Capitaine !

Il ferma les yeux un moment puis les rouvrant il reprit son air habituel de vieux loup de mer, comme disent les Terriens, enfin se tournant vers son pupitre il ordonna.

- Je pense que le Second-Lieutenant Bal à raison, nous ne pouvons marcher vers le nord éternellement, ils sont plus rapides et la Flotte Baltique ne nous aidera pas, ils ne peuvent rivaliser avec deux Escadres. Barreur, la barre à bâbord toute ! Cap sud-ouest, nous tentons notre chance avec le plus petit groupe.

- Si nous avons de la chance ils ne vont pas comprendre notre manœuvre et continuerons plein nord, il faudrait nous en assurer pourtant, calcula l'Officier en second.

- Monsieur Ilit, demanda le Capitaine à l'Intercom après avoir réfléchi.

- Capitaine ?

- Pouvez-vous fabriquer rapidement une balise et couper la nôtre ?

- Couper la balise, oui sans doute et en fabriquer un équivalent, je pense que oui.

- Parfait, au travail en ce cas, je veux que vous l'installiez dans un aquanef, mais il va nous falloir …

- Un volontaire, pour piloter l'appareil tout en étant suivi par les deux Escadres, c'est assez dangereux, répondit Quintus tandis que le visage du vieil homme resta figé.

- Je demande aux pilotes ? Proposa Bertille.

- Oui, mais expliquez bien le danger encouru et le fait qu'il ne pourra pas revenir à bord.

- Oui, Lieutenant.

Tandis que le volontaire fut trouvé et remercié par le Capitaine, Géraud installa l'équivalent d'une balise assez puissante pour leurrer les bâtiments ennemis. Une fois l'appareil catapulté, ils le regardèrent partir dans les courants bleus de l'Atlantique avec crainte. Tous les regards sont braqués sur les radars, les deux taches massives semblèrent virer dans leur direction mais une fois assez proche, ils captèrent la balise de l'aquanef et commencèrent à le suivre, un profond soupir de soulagement traversa la passerelle.

- En avant toute, Second-Lieutenant, ordonna Urbain. Sylvestre, que pouvez-vous me dire sur ce groupe.

- Un croiseur léger en avant avec deux à trois destroyers qui le suivent, ils s'en approchent Capitaine.

- Je vois, Lieutenant Ave, envoyez deux escadrilles en avant, je veux un rapport de situation au plus vite, autorisation d'engager si nécessaire.

Prestement largués, les quatre premiers appareils passèrent au-dessus de la passerelle, fusant vers les profondeurs, rapidement suivit quelques minutes plus tard par la seconde escadrille. Une demi-heure passa et les pilotes firent leur rapport, l'officier artilleur sembla perdu, puis répondit au regard interrogateur du Capitaine et de son second.

- C'est le *Bougainville*, monsieur, mais c'est curieux, il tire.

- Il tire ? Sur qui ? Il ne peut nous atteindre à cette distance, dit Quintus.

- Non, il tire vers l'arrière avec sa tourelle de fuite, vers les deux destroyers qui le suivent.

- Allons bon ! Ils se tirent dessus maintenant ?

- Soutenez-le, Lieutenant.

- Capitaine ?

- J'ordonne d'attaquer les destroyers.

- A vos ordres !

- Que se passe-t-il ? Demanda Géraud en entrant sur la passerelle et en s'installant à la place de son Ingénieur en second qui regagna les machines.

- Nous aidons un Atlante, le *Bougainville.*

- Le *Bougainville* ? C'est un croiseur de premier rang, que fait-il en plein atlantique ? Il ne sert qu'au transport de matériel.

- Curieux en effet, déclara le Capitaine, intéressé.

- Capitaine, l'un des destroyers est hors combat, touché par nos torpilles.

- Parfait.

- Capitaine ! Dit soudain la voix affolée de Sylvestre, nous avons un problème, l'une des Escadres à virée de bord, elle nous arrive droit dessus.

- Comment !

- Bordel de ... ajouta Quintus.

32

La Seconde Escadre Atlante est une des plus puissante de l'empire, formée par le redoutable cuirassé *Scharnhorst* et deux autres cuirassés lourds, ils sont, avec leur escorte, la terreur de l'atlantique, généralement en couple avec la Troisième Escadre, ils tiennent la ligne de front bloquée depuis des années. Bien que limité par le déplacement lent de ses deux acolytes de métal, le cuirassé Atlante reste une menace pour le *Commandant Teste*, tout aussi lent. Sur les radars la masse de navire court vers leur position, la portée de tir du principal navire est importante avec son artillerie de trois-cent-quatre-vingt millimètres, répartis sur ses deux cent trente-cinq mètres de long il présente une silhouette impressionnante et létale.

- Envoyez toutes les escadrilles, aux postes de combat, alerte rouge, indiqua le Capitaine.

- La Seconde Escadre semble rester sur sa position, indiqua Sylvestre.

- Ils n'ont pas besoin des deux ensembles, le *Scharnhorst* est largement suffisant, dit Géraud.

- Le *Bougainville* a touché le second destroyer monsieur, coupa Bertille.

- La belle affaire, râla l'Ingénieur en chef.

- Les appareils sont partis, Capitaine.

- Que vont-ils faire contre ce navire et les autres ? dit encore Géraud.

- Ils semblent se diviser en deux groupes, ils veulent le croiseur aussi.

- Communication entrante Capitaine.

- Surement l'Amiral Llod, il veut se pavaner, grogna Quintus.

- Sur écran, monsieur Dam.

- Capitaine, je suis l'Amiral Pélagie Sent, je dirige la Seconde Escadre de l'Empire Atlante, je souhaite négocier votre reddition, dit brutalement une femme aux cheveux brun et au visage antipathique.

- Je … hésita Urbain.

- Vous n'avez pas d'autre option, nous sommes plus puissants et en surnombre, sachez que je n'hésiterais pas à vous détruire.

- Nous n'accepterons aucune reddition, Amiral, nous nous battrons jusqu'au bout pour le royaume Méréen, nous détruire ne vous donnera pas ce que vous cherchez, repris plus posément le Capitaine.

- Je vois, j'ai essayé de vous prévenir, attendez vous à être rapidement abordé.

- Au revoir Amiral, dit Urbain en signant la fin de la communication.

- Il n'est pas là ? C'est curieux.

- Il faut croire qu'il est resté à Atlantis, il doit se passer des événements que nous ne connaissons pas, dit Géraud.

- Barreur, je veux que vous preniez la trajectoire alpha, ne laissez pas ces obus nous toucher, ils vont sans doute essayer de frapper les machines ou le gouvernail, ordonna le Capitaine.

- Artilleurs aux postes de tirs, détruisez tout ce qui approche, concentrez les tirs, ajouta Quintus.

- Lieutenant Ave, les hydronefs sont trop lourd et trop lent, je ne veux pas de pertes, qu'ils larguent les torpilles au plus loin, qu'ils calculent les trajectoires, envoyez les aquanefs, ils sont plus rapides et pourront plus facilement passer le barrage de tir, demanda Urbain.

- Je crois que notre seule véritable chance soit de ralentir ce navire, il est bien plus rapide que nous et sa portée de tir est de plus de vingt kilomètres, il sera bientôt assez proche pour nous toucher, vu sa puissance, deux, trois coups seront suffisants, il faut que les pilotes visent en priorité le gouvernail, qu'ils le harcèlent aussi, il devra manœuvrer et perdra en vitesse, calcula Géraud.

- Faite passer l'ordre Lieutenant, que ce cuirassé soit obligé de virer sans cesse.

- Oui Capitaine.

Bien qu'il reste concentré sur les actions, le Capitaine présente un regard désolé, comme plein de regrets, Quintus ne pu s'empêcher de remarquer qu'il suivi le passage du Premier-Lieutenant retournant aux machines. Prit d'une inspiration, il appuya sur son panneau et ordonna.

- Aux équipes de sécurité, ordre beta, que tous les agents soient prêt au combat, protection des points sensibles.

- La totalité des appareils sont engagés, Capitaine, puis-je utiliser les modèles en réserve.

- Affirmatif.

- La seconde partie de l'Escadre marche sur le *Bougainville*, il est sous le feu ennemi, je détecte des communications entre eux, intervint Sylvestre.

Soudain, la coque vibra, un obus viens d'exploser près du navire, sa force est telle qu'il a déstabilisé l'ensemble du *Commandant Teste*, un second, puis un troisième percuta le flanc tribord tandis que le barreur change de trajectoire.

- Le *Scharnhorst* est à portée, déclara Géraud.

- Il plonge pour protéger sa coque de nos torpilles, son escorte part en avant, quatre destroyers en approche.

Il est seul, que les aquanefs entre en action,
ordonna Quintus.

Dans les eaux de l'atlantique nord les courants portent
en ce jour de curieuses rumeurs, des dizaines d'éclats
lumineux traversent l'espace entre les différents
bâtiments, l'artillerie secondaire du cuirassé Atlante,
des pièces de cent-cinquante, hurlent leur fureur
entre les cris bien plus lourd des affuts principaux, six
pièces de mort qui tirent en continu sur le porte-
aquanefs. Les destroyers sont désormais à portée de tir,
l'un d'eux fut durement touché par les deux torpilles
lourdes dont les lanceurs remplacent les anciennes
grues, un coup chanceux qui reste rare tant le combat
est déséquilibré, tout autour du *Commandant Teste*
passe les lignes des tirs de l'artillerie légère et des
canons principaux. Dans un rayon proche ce sont les
hydronefs qui fusent, lâchant des bordées de roquettes
sur les destroyers ennemis, c'est une couronne de
bulles qui entoure le navire Méréen. Plus loin le
cuirassé est attaqué en permanence par les aquanefs,
ils lâchent les torpilles sur sa trajectoire et l'oblige à
virer sans qu'il ne puisse faire le point et tirer. Un
espoir naquit quand quatre d'entre-elles frappèrent le
navire sur ses flancs, malgré cela le puissant navire de
guerre reste indolent, ces dégâts ne semblent pas
l'arrêter bien que sa première coque soit perforée.
Dans le même temps, tout autour de lui ce sont des
centaines de boules brulantes qui nimbe sa coque,
l'artillerie anti-aquanef du *Scharnhorst* lui offre une
couverture de feu.

- Il y a quelque chose qui ne va pas, dit alors
  Sylvestre.

- Que se passe-t-il ? Demanda Quintus en se tenant à son pupitre après un coup bien trop proche à son goût.

- Le *Der Grobe* et un ensemble de destroyers viennent d'ouvrir le feu sur le *Koning Albert* et son escorte.

- Comment ? C'est impossible, dit le Capitaine.

- Les deux groupes se tirent dessus, ils empêchent les destroyers de l'autre partie d'attaquer le croiseur, confirma Bertille.

Regardant par les vitres, Quintus et les autres officiers sur la passerelle virent au loin les tirs traverser les courants, le premier groupe barrant la route de l'autre. C'est avec une totale surprise qu'ils virent les navires Atlante se battre entre eux. Derrière, le *Scharnhorst* se place en position de tir et ses tourelles arrière firent feu sur le cuirassé *Der Grobe*, plus rien ne semble être normal dans cette bataille. Pourtant pris par ce renversement de situation le barreur ne put éviter un tir direct du cuirassé ennemi, ses pièces avant restant concentré sur le navire Méréen, aussitôt des appels de dégâts apparurent sur les écrans, plusieurs ponts touchés en un seul tir.

- Capitaine, le hangar principal est ouvert, le personnel évacue, de nombreux blessés. On me signale qu'une catapulte est hors service. Les ponts quatre et cinq sont clos à la poupe, dégât électrique au pont un également, annonça le Second-Lieutenant Kom.

- Que l'infirmerie nous tiennent au courant de sa situation, demanda Quintus.

- Oui, Lieutenant.

- Un destroyer ennemi est en rade, Capitaine, nous l'avons touché au gouvernail, nous n'avons plus d'appareil disponible.

- Qu'ils rentrent au plus vite, Lieutenant, que vos équipes soit prête pour les approvisionner, monsieur Kom. Pilote, sortez-nous de là ! Ordonna Urbain.

Un grand éclat de lumière éclaira les eaux, un obus du cuirassé *Der Grobe* vient de percuter la proue du *Scharnhorst,* les dégâts semblent importants et la vitesse du navire réduisit soudain, ses canons de poupe répondirent aussitôt sur son allié déjà bien abimé par son combat contre le *Koning Albert*. Tout autour des deux frères Atlantes les destroyers sont, soit détruit, soit hors service, seul reste les deux navires de l'escorte du plus puissant d'entre eux. Les Marins virent alors trois obus frapper le plus proche destroyer du *Teste*, à leur grande surprise les tirs viennent du croiseur *Bougainville* qui a fait route arrière et prit part au combat.

- Mais que fait-il ? Il va se faire détruire, hurla Quintus surpris.

- En tout cas ce Capitaine ne manque pas de style, dit Géraud admiratif.

Esquivant le second destroyer le croiseur pris de la hauteur, montant vers la surface et passant au-dessus du navire ennemi, l'équipage du *Teste* vit avec surprise le *Bougainville* larguer une dizaine de mines qui filèrent dans les profondeurs et frappant le destroyer sur toute sa longueur, le détruisant pour le compte. Pourtant, sa manœuvre ne leurra pas le cuirassé Atlante et son artillerie principale le cueillit par le travers bâbord, ses hélices tournèrent encore un moment puis stoppèrent brutalement, sa salle des machines touchée.

Ses aquanefs en préparation, le *Commandant Teste* n'est plus en mesure de répliquer qu'avec sa faible artillerie secondaire, bien moins puissante que celle du cuirassé, sans compter sa portée moindre, le croiseur Atlante à bien mit la sienne en action mais reste inutile face au blindage lourd du navire ennemi qui se rapproche inexorablement. Soudain une pluie d'obus tomba sur le principal bâtiment de la Seconde Escadre Atlante, ayant mit temporairement le *Koning Albert* hors course, le *Der Grobe* marche désormais sur son allié en tirant par salve vengeresse.

Pourtant ce fut un autre coup qui mit fin à la marche inexorable du cuirassé, dans le même temps un autre obus frappant tous les autres navires dans la zone. Le choc envoya les officiers de la passerelle au sol, un rapport arriva dans la minute indiquant que la plateforme de poupe est hors service, détruite par un coup incroyablement puissant. Par chance il n'y avait plus beaucoup de personnel sur place de par la clôture du hangar principal. Au travers du vitrage c'est une vision d'horreur qui se montra une fois les éclats disparus, le *Der Grobe* et le *Koning Albert* sont hors combat, leur plage avant totalement détruite, le *Scharnhorst* n'est pas en reste avec un large trou sur sa coque, le navire accusant désormais une gite sur bâbord, enfin le *Bougainville* semble également gravement touché, sa superstructure arrachée par la force de l'impact.

- Que s'est-il passé, demanda le Capitaine Gam, je veux un rapport d'avarie et savoir ce qui nous a tiré dessus !

- C'est incroyable, quel navire dispose d'une telle puissance ? Demanda Géraud.

- Et pourquoi il a attaqué tous les bâtiments ? Repris Quintus.

- Je détecte une masse énorme sur tribord arrière, Capitaine, à environs dix kilomètres, hurla Sylvestre.

- C'est impossible ! Fit le Capitaine éberlué une fois les écrans affichant le visiteur.

33

Sur les images, un cuirassé apparu, mais jamais vu par aucun Marin, sa coque, d'une blancheur spectrale se détache dans les sombres profondeurs marines, il semble énorme, d'une taille démesurée, calculant rapidement l'Ingénieur en chef déclara qu'il dépasse en masse le *Yamato* de la Flotte du Dragon, le plus gros navire du monde. Par ailleurs son artillerie présente une puissance inégalée, au vu des affuts Bertille estima un calibre d'au moins quatre-cent-vingt millimètres, la preuve étant sa pénétration du blindage du cuirassé Atlante pourtant très épais.

- D'où vient ce navire ? Je n'ai jamais vu un bâtiment de cette sorte ! Dit Quintus totalement perdu.

- Pointez sur sa coque, je veux connaitre son nom ! Ordonna Urbain.

- *Clémenceau*, il y a écrit *Clemenceau* sur sa proue, dit Sylvestre, je ne connais pas ce pavillon.

- Quel est-il ?

- Pavillon noir Capitaine, avec … un cachalot blanc je crois.

- Inconnu, répondit Quintus sur le regard interrogatif de son supérieur.

C'est alors qu'une déflagration traversa les eaux, le *Scharnhorst* viens de virer et de tirer une bordée complète avec ses pièces principales, les obus d'une tonne traversèrent l'espace entre les deux navires, le *Clemenceau* ne bougea même pas, gardant une allure mesurée. Les neuf obus touchèrent au but mais une fois les bulles dissipées, seule les traces de brulures apparurent sur sa coque, pas de dégâts apparents.

- C'est impossible !

- Incroyable, son blindage est si épais ?

Mais avant qu'ils n'aient le temps de se remettre de leur émotions le cuirassé blanc vira et pointa ses pièces avant sur le navire Atlante, ses six affuts hurlèrent en même temps et des obus gigantesques frappèrent l'ennemi, le *Scharnhorst* recula sous l'impact, laissant sa deuxième tourelle totalement détruite, même sa plateforme est touchée.

- Il ne peut avoir rechargé aussi vite ! Déclara Géraud, je n'ai jamais vu ça, quel est cet équipage ?

Virant sur tribord, le cuirassé prit de la vitesse et largua des torpilles sur son passage, visant l'approche du pavillon inconnu, devant lui les autres navires Atlantes ont déjà battu en retraite, quittant la zone à pleine vitesse, il lâcha une nouvelle salve avec ses pièces de fuite mais qui restèrent tout aussi inutile.

- Rodolphe, approchez-vous du croiseur, voulez-vous, restez à couple, demanda Géraud doucement en s'appuyant sur son épaule.

- Oui, Lieutenant.

- J'espère que cela suffira, c'est une assez grande surface.

L'Ingénieur en chef appuya sur un bouton de son pupitre et le monde devint noir. Autour des deux navires un voile d'une substance épaisse et noire s'étala en s'échappant de tuyères réparties sur l'ensemble du *Teste*. Caché à la vue de l'ennemi, ils purent mettre en œuvre une manœuvre d'évitement en descendant lentement vers le fond de l'océan heureusement plat, de cette manière ils sont en deçà des radars de l'ennemi qui peut penser qu'il a profité de ce rideau pour fuir. Pourtant le *Clemenceau* ne semble pas vouloir abandonner sa proie, le grand navire avance toujours, ce qui énerva Quintus au plus haut point, ce navire a gagné ce combat, que veut-il à les détruire.

- Cela suffit, Sylvestre, ouvrez une fréquence vers ce navire, je veux leur parler !

- Capitaine ? Demanda l'officier communication sous le regard honteux du Lieutenant qui n'y pensait plus.

- Faite, dit Urbain dans un geste las.

- Pas de réponse vidéo, voulez-vous essayer au micro ?

- Oui, ... ici le Lieutenant Quintus Far, Officier en second du *Commandant Teste*, navire de la

Flotte de Mérée, identifiez-vous ! Quel est votre Flotte ? Pourquoi vous nous avez attaqué ?

- Vous avez dit Quintus Far ? Demanda alors une voix brouillée et métallique après un très long silence.

- Oui, pourquoi ?

- Ils ont coupé, monsieur.

- Ils partent ! Le *Clemenceau* fait demi-tour et quitte la zone à pleine vitesse, c'est incroyable, déclara Rodolphe, qui regarde par les vitres.

- Monsieur Dam, veuillez contacter le *Bougainville*, demanda le Capitaine.

- Vous avez l'image, Capitaine.

La passerelle du *Bougainville* apparu sur les écrans, l'ensemble de la place semble en piteux état, le combat à été rude. Le Capitaine dans son uniforme rouge portant les quatre perles s'imposa sur l'image, il est relativement jeune, maximum la trentaine, il est brun avec une chevelure courte et des yeux d'un marron foncé, il afficha un fin sourire et dit.

- Je suis le Capitaine Matthew Reed du *Bougainville*, je vous remercie de votre intervention.

- C'est normal, vous aviez besoin d'aide, je suis le Capitaine Urbain Gam du *Commandant Teste*, nous sommes un navire de recherche.

- Pourquoi fuyez-vous ? Intervint Quintus.

- Nous quittions Atlantis, il y a de grands changements dans l'Empire, qui ne nous conviennent pas, je transporte un … chargement spécial, nous étions en route pour le sud quand ces destroyers nous ont obligés à changer de trajectoire, monsieur ?

- Pardon, Quintus Far, je suis l'Officier en second.

- Vous dite Far ? Celui du *Bismarck* ? Vous avez déclenché sans le vouloir des événements néfastes je le crains.

- Comment cela ? S'inquiéta le jeune officier.

- Je ne peux en dire plus pour le moment, Lieutenant, je suis immobilisé, mes équipes de réparation sont largement diminuées, j'accuse de nombreuses pertes dans mon équipage, puis-je vous demander de l'aide ? J'imagine que nous sommes vos prisonniers ?

- Monsieur Ilit, veuillez envoyer une équipe d'Ingénieurs sur le navire Atlante, nous les prendrons en remorque jusqu'à qu'ils soient en mesure de se débrouiller, je pense que nous ne devrions pas rester ici, dit le Capitaine Gam.

- Je vous remercie Capitaine.

- Je vous en prie Capitaine, nous sommes au même point malgré nos pays différents.

- Pilote, plein sud, en avant toute ! Ordonna
Urbain après avoir coupé et laissé les amarres
être installées.

Bien que gêné par son état désastreux et par le croiseur à sa suite, le porte-aquanefs se mit en route, et malgré sa vitesse réduite il essai de quitter la zone de combat et le territoire de ce mystérieux cuirassé blanc, tous gardent dans leurs pensées les nombreux morts au sein de l'équipage, notamment les pilotes qui ont payés un lourd tribu dans cette bataille, seul une quinzaine d'hydronefs ont survécu sur les trente-six que compte le navire, les aquanefs, plus rapide, ont put éviter la catastrophe mais le nombre de héros reste élevé. Selon le Capitaine Reed, son équipage déjà réduit au départ à perdu plus de la moitié de son contingent, dont trois officiers supérieurs et l'Officier en second. Interrogé par Quintus, Géraud lui a indiqué ne pas connaitre cet officier, mais qu'il trouve curieux qu'ils aient quittés la capitale si vite avec ce navire qui ne présente aucune cargaison dans ses cales.

Oubliant ces détails, Quintus redouble d'effort pour remettre le *Teste* en état, suivant les travaux sur les ponts clos, secourant les équipes avec des renforts, ils purent au fil de leur trajet revenir vers un navire opérationnel malgré ses effectifs réduits, l'infirmerie est saturée, le Lieutenant Pam court dans tout les sens pour sauver un maximum de personne sous le regard admiratif de l'Ingénieur en chef. Revenant tant bien que mal vers le Canal et le territoire Méréen, le navire fut surpris de recevoir une communication du Palais d'Or leur indiquant l'arrestation du médecin de feu le

Seigneur de la Mer Théophile XII, pour haute trahison et régicide. Prisonnier qui leur a donné des informations secrètes sur l'espion à bord et dévoilé un complot au sein du royaume, mais hélas pas sur l'Ephore, nouvelles qui refermèrent plus encore le Capitaine Gam dans sa morosité.

Depuis le départ, le Capitaine reste dans ses quartiers, ou totalement pensif sur son fauteuil, indifférent aux mouvements sur la passerelle, laissant la conduite des opérations à son second. Parfois son regard s'arrête sur l'espace sans fin devant la passerelle ou, plus inquiétant, sur Quintus, mais sans le regarder vraiment, juste pensif. L'équipage poussa un soupir de soulagement quand après plusieurs jours de navigation complexe ils abordèrent le quarantième degrés nord, poussant vers Açora, la ville Méréenne la plus éloignée du royaume. Sur le *Bougainville*, la tension est bien différente, les survivants de l'équipage, une vingtaine d'officiers, n'ont pas été malmenés, bien au contraire, mais se sentent en territoire ennemi et donc prisonnier. De plus les nouvelles, arrivant par les ondes militaires ne sont pas bonne, Atlantis semble être tombé dans la guerre civile, sans que les Méréens ne sachent comment, d'autant plus que le secret semble avoir été décrété sur ce sujet.

Le croiseur Atlante reste en mauvais état, le besoin de pièces rends les réparations difficiles sans compter le manque de personnel, les équipes devant intervenir sur les deux navires en même temps, il doit être amené dans un véritable chantier naval. Cette nouvelle ne plut pas au Capitaine Reed, qui, maitre de son bâtiment, n'avait pas pensé devoir rester sur le territoire ennemi plus longtemps. D'ailleurs l'homme en rouge est devenu plus distant, plus anxieux, sa cargaison mystère est-elle plus importante que son navire ?

Pensant à cela, Quintus ne vit pas le Capitaine débouler abruptement devant lui, le ratant de peu il s'excusa mais Urbain le regarda curieusement avec intensité puis lui dit avec fièvre.

- Monsieur Far, venez dans mon bureau dans trente minutes s'il vous plait, convoquez aussi le Lieutenant Ilit.

- Oui Capitaine, a quel sujet ?

- Venez, c'est tout, Lieutenant Ave, vous avez la passerelle.

34

Moins d'une demi-heure plus tard les deux amis marchent dans la coursive menant au bureau du Capitaine, derrière la passerelle, les sentinelles les laissèrent passer, la présence proche d'un équipage Atlante reste une question sensible. Une fois invités à entrer, ils trouvèrent leur supérieur le visage grave mais le regard sûr.

- Messieurs, je vous remercie de vous être déplacé, je souhaite être mis en état d'arrestation.

- Pardon ! S'insurgea Quintus.

- Vous êtes l'espion Atlante, dit simplement Géraud.

- Non, monsieur Ilit, je n'ai jamais trahi mon pays et mon équipage, pas directement du moins, dit Urbain avec hauteur, puis une grande tristesse.

- Je n'arrive pas à y croire, pourquoi ? Demanda Quintus.

- Laissez moi vous raconter cela, dit l'homme en les invitant à s'assoir.

Lorsque le Capitaine Gam fut relevé de son commandement sur la *Lorraine* et qu'on lui proposa une poste de Kommodore, il le vécut comme une déchéance totale, une intense colère s'empara de lui et il envisagea de porter un recours devant l'Héliée pour sauver son honneur. Un jour, alors qu'il traine dans une auberge de la capitale, un homme, portant un uniforme de Kommodore et l'insigne des médecins l'interpela, il se présenta comme un envoyé de l'Arsenal et notamment du Grand-Amiral dont il est proche.

Au cours des mois, ils se rencontrent plus souvent et de fil en aiguille l'homme lui apprit que l'Amiral reste ennuyé de sa situation, mais qu'officiellement il ne peut rien faire pour lui, pour le moment. Rapidement et au nom de l'Amiral Ving en personne, l'homme, qui s'est désormais présenté comme le médecin personnel du Seigneur de la Mer, vas lui proposer de participer à une opération lui permettant de reprendre un commandement, temporaire, d'une unité avant que le Grand-Amiral puisse lui redonner sa place sur la *Lorraine*, voire sur une plus importante unité encore, le *Strasbourg* par exemple.

Le médecin lui indiqua quelques mois avant le lancement du *Commandant Teste,* que le Grand-Amiral sait être en danger, un complot court au sein de l'Arsenal et que le Palais d'Or cherche à prendre le pouvoir, à dessaisir la Marine de ses fonctions et à cantonner la Flotte à ses missions les plus simple. Autant donner le contrôle aux Atlantes, tonna l'espion. Mais il a une solution, les travaux de Denis Far, c'est grâces à ces documents que les traitres cachés au sein du Palais vont prendre l'ascendant, ruiner les efforts constants de l'Amiral pour une vie meilleure dans le royaume et détruire l'Arsenal et ses idéaux. Avec ces plans inédits, ils pourront créer de nouveaux navires qui surpasserons la Flotte, Il faut les trouver avant eux et les donner au Grand-Amiral qui saura les utiliser pour sauver le royaume, écraser les Atlantes et tout autres ennemis de Mérée.

Le Kommodore lui indiqua qu'il sera son agent de liaison, moins le Grand-Amiral et lui se verrons moins les comploteurs pourront agir. Le secret de cette mission est primordial et il ne doit en parler à personne, pas même à son futur second et encore moins au Dauphin et sa sœur, espionnés par les agents Atlantes infiltrés au Palais. Durant les mois suivants ils préparèrent ensemble les opérations, l'homme restant peu dissert sur l'emplacement du navire ou encore sa destination, voire même son gabarit.

Malgré ses doutes, Urbain Gam ne pouvait pas laisser cette occasion s'échapper, grâce à la présence permanente du médecin au Palais, ils apprirent que les tractations secrètes pour trouver un Capitaine au futur navire de recherche s'enlisent, l'Arsenal bloque toutes les nominations, pour lui, bien entendu, ajouta le Kommodore. Pourtant c'est bien lui qui fut mis en avant, à la demande discrète de l'Amiral Ving selon ses dires. En quelques semaines le Dauphin accepta son commandement et l'Amirauté aussi, qui voyait en réalité un bon compromis, car ils n'utiliseraient pas un véritable officier.

Organisé par l'espion le plan est simple, le navire va bien assurer sa mission, quelle quel soit, mais il sera suivi par une unité, un destroyer de la Flotte, mit à disposition expressément par l'Amiral Ving. En mission secrète, il serra informé en permanence par le

Capitaine de la trajectoire et des intentions du *Commandant Teste*, il restera à quelques miles du bâtiment et sera minoré par le Capitaine à chaque apparition sur les radars.

Mais l'arrivée de Quintus, dans des circonstances troubles, mis un frein au départ car la présence d'un Far semble donner l'avantage au Méréen dans la course aux documents. Manifestement il fut décidé en haut lieu de stopper la mission et de faire partir une équipe de récupération sur la capsule de Denis Far, quand bien même, ils ne savent pas où elle se trouve réellement. Durant cette période les rencontres avec l'espion s'espacèrent et l'idée était de ralentir le départ à tout prix, voire l'annuler mais l'espion perdit son calme. Probablement poussé par l'Ephore qui ne voit pas de résultats à ces mois d'efforts, ils prirent des dispositions tragiques pour forcer les opérations, l'assassinat du Seigneur de la Mer bloquant le projet du Dauphin. Le Capitaine vient de perdre le contrôle de ce plan et devint à ce moment la marionnette des Atlantes, tout en croyant servir l'Arsenal. Pourtant l'Amiral Llod à largement sous-estimé la volonté de Gustave et la mission devint prioritaire et secrète, l'aventure commence enfin pour Urbain, enfin il retrouve la mer et un équipage, il doit avouer qu'il reste dubitatif sur le navire, il bien entendu la rumeur sur la construction d'un porte-aquanef original mais il ne pensait pas voir réellement le *Commandant Teste* un jour en action, moins encore en assurer le commandement.

Le premier doute vint au moment de la rencontre avec l'Amiral Maori, ses ordres, envoyés directement par le médecin, étant de chauffer la situation sur place, ordre totalement contradictoire des besoins de l'Arsenal, mais surtout l'absence de réaction du Vice-Amiral Bak et même ses menaces de les stopper le gênèrent lourdement, comment une personne, certes douteuse, aussi proche du Grand-Amiral peut ne pas connaitre sa mission ? Enfin l'apparition du tube lui fit l'effet d'un électrochoc, pourquoi son « ami » ne lui a jamais parlé de ce navire si spécial qui les suit depuis aussi longtemps que le destroyer *Alpino* ? Le doute, tel un serpent de mer, comprimèrent ses pensées durant des heures, lui voilant même la gestion du navire.

C'est à ce moment que le Capitaine décida de stopper tout envoi d'information et surtout d'arrêter ce destroyer espion qu'il ressent désormais comme une menace personnelle, profitant de la bataille contre le tube, il ordonne qu'il soit molesté afin qu'ils puissent l'abandonner sur place, Quintus à par ailleurs très bien réagit, ne pas respecter le Code Naval lui fit un choc mais il devait laisser cet équipage en arrière et surtout, qu'il n'y est aucun contact qui pourrait le trahir et révéler sa faute. Ordonnant la pleine vitesse afin de distancer l'*Alpino*, porteur de la croix de son propre navire à cette époque, ses pensées lui firent revivre son passé en ces eaux, le réveil de ses doutes lui dévorant l'esprit.

Sur son ordinateur personnel les appels du médecin s'alignent, il les supprime directement, même geste pour les contacts du destroyer, il doit les faire disparaitre, que personne ne sache sa trahison envers la Couronne. Il comprend lors de ses longues heures de réflexion que le Grand-Amiral n'a jamais été au courant de cette opération, bien des fois il a pensé tout dévoiler, il sait que Géraud est un espion, il le sait depuis le départ de part ses questions et ses recherches, qu'il suit depuis son poste à son insu.

Décidant de se recentrer sur sa mission première et son équipage, Urbain s'employa à mettre en œuvre le plan du Dauphin, le prince Gustave qui est désormais, sûrement par sa faute, le Seigneur Gustave III, servir la Couronne au mieux sera son idéal désormais. Laisser ses deux officiers principaux partir fut difficile et il fit l'erreur de rester concentré sur cette seule partie, il n'a pas pris toute la situation telle qu'il est le seul à la connaitre et ce fut le drame. L'apparition du destroyer et la révélation de sa véritable nationalité lui fit l'effet de mourir de l'intérieur, par sa faute Quintus et Géraud sont en danger parce qu'il n'a rien dit.

Une puissante colère s'empara de lui, il décida de détruire ce navire, quel que soit le coût, il ordonna qu'il soit envoyé par le fond, mais sa trahison fut pire encore quand, bien que rassuré par le retour de ses officiers, il comprit que le piège de l'espion s'était refermé sur eux, comment sauver l'équipage de son erreur, comment lutter contre autant de force combinée, plus de six-cent hommes et femmes comptent sur lui et il les a menés à la mort, par son orgueil et sa colère.

Que faire ? Ses pensées sont bloquées par ses erreurs, puis le Second-Lieutenant donne une solution, à sa place, il accepte sur le conseil de Quintus, son second qu'il croyait incapable mais qu'il a apprit à apprécier. Enfin ses esprits furent balayés par la présence de ce croiseur, le médecin en a parlé très brièvement, il ouit ce qu'il transporte, du moins il en a une idée, l'espoir d'un peuple, l'espérance du retour de la liberté et peut-être de la paix tant oubliée. Il doit aider ce navire, l'ordre fuse avant même d'y penser mais c'est sans compter la Flotte Atlante, ses fautes les poursuivent, mais il doit combattre, utiliser son expérience, contrôler l'équipage, les guider.

C'est après la bataille qu'il comprit ses faiblesses, il n'est plus capable de garder ce secret, de commander cet équipage de valeur et ce navire, il doit payer pour ses fautes, mais c'est si difficile, il reste un vieil homme borné. Aussi, quand Quintus lui proposa de prendre et de garder la capsule il sut qu'il n'était pas honorable de tenir cet objet dans ses mains, de continuer, il lui fit croire, le cœur aux lèvres, qu'il est surveillé par ce fameux espion qu'il cherche, alors qu'il a devant lui le pire traître qu'il puisse trouver sur ce navire. Ordonnant le retour en Mérée il ne cesse de penser à ses actions.

- Voila messieurs, vous savez tout, termina Urbain.

- Vous avez trahi la Couronne sur la simple promesse d'un type ? Demanda Géraud avec stupeur.

- Je ne vois pas ma vie hors la passerelle d'un navire de guerre, vous ne savez pas comme le désespoir peut être mauvais conseiller.

- Cela ne change rien, je ne peux pas accepter de vous emprisonner, sur votre propre navire en plus.

- Quintus ! Il a trahi son pays, à cause de lui il y a eu des morts, des blessés !

- Ils l'ont embobiné, au pire moment de sa vie, je peux comprendre.

- Oui mais … repris Géraud.

- Bon, si je comprends bien je dois vous forcer la main, je m'en doutais, j'ai prévu un message pour l'équipage, dit le Capitaine avec un fin sourire navré.

Avant qu'ils ne puissent réagir, le vieil homme appuya sur un bouton de sa console, aussitôt, un sifflet aigu traversa l'ensemble du navire et la voix chaude du Capitaine récita :

- A l'attention de tout l'équipage, ici le Capitaine Gam, je me retire de mon commandement pour raison personnelle, le Lieutenant Quintus Far assurera temporairement la fonction de Capitaine suppléant, j'espère que vous saurez le servir avec le même talent et dévouement que vous m'avez gratifié jusqu'ici. Merci de votre écoute.

- Voilà c'est fait ! Dit-il simplement.

- Mais, … mais non ! S'insurgea Quintus, je ne peux pas accepter cette situation.

\- Même moi je trouve cela cavalier, Capitaine.

\- Je me rends dans ma cabine et reste à votre disposition et …

\- Avis au Lieutenant Far, nous captons la présence d'aquanefs hostiles en approche ! Indiqua la voix de Sylvestre dans les haut-parleurs.

\- Vous êtes demandé, Capitaine suppléant.

\- Nous en reparlerons, sachez-le ! Dit Quintus avec colère en quittant le bureau pour la passerelle.

Traversant en trombe le hall, presque en nageant, le jeune homme arriva rapidement au cœur du navire suivi par Géraud, Bertille et Sylvestre sont penchés sur le radar et discute vertement, se tournant à son approche ils parlèrent en même temps.

\- Le Capitaine ? Pourquoi il … Demanda Bertille.

\- Il y a une dizaine d'appareils en approche et … Dit l'officier communication.

\- Doucement, le Capitaine est … blessés, il ne peut assurer son commandement, il a pris un coup lors de la bataille et préfère se reposer, temporairement. D'où viennent ces aquanefs ?

\- Sûrement de la Sixième Escadre, l'*Audacity*, elle a été repérée il y a quelques jours, mais je pense que nous pouvons aussi compter sur la

Septième avec le *Courageous,* deux porte-aquanefs, rien que pour nous.

- Je ne suis pas sûr que ce soit vraiment pour nous, dit doucement Géraud.

- Le « chargement » du *Bougainville* ?

- Mais nous sommes là aussi, ils peuvent faire d'une pierre deux coups, vous avez choisi un Officier en second ?

- Quoi ? Dit décontenancé le jeune officier.

- Vous devez choisir un Officier en second suppléant.

- Ce n'est pas le moment Bertille, et c'est temporaire.

- C'est le Code, Lieutenant.

- Bien, ce sera Géraud, c'est le doyen.

- Mais … !

- Temporaire, Lieutenant Ilit, coupa Quintus.

Tournant la tête, le jeune homme vit le Capitaine Gam avec un fin rictus dans sa barbe, il croisa son regard puis quitta les lieux, Quintus pensa le faire suivre par un agent de sécurité mais il ne put s'y résoudre.

35

Laissant le Capitaine à ses pérégrinations et surtout ne voulant pas penser à cela pour le moment, Quintus se concentra sur la situation critique du navire.

- Que pouvons-nous faire ? Envoyer des hydronefs ?

- Non ils ne sont pas assez rapides, ils sont trop lourd pour affronter des aquanefs de ce type, nous n'avons que quelques Vindicators, mais ce ne sera pas suffisant, d'autant plus que les catapultes de poupe et celle du pont principal ne sont toujours pas réparés. Calcula Bertille avec un légère amertume dans la voix.

- Nous sommes deux, il faut mettre les deux navires en alerte, nous aurons plus de puissance de feu, ajouta Sylvestre.

- Alerte rouge ! Aux postes de combat, pouvons-nous allez plus vite, quelle est notre vitesse Premier-Lieutenant ?

- Nous sommes au trois-quarts de la vitesse, Lieutenant.

- Nous ne pouvons pas accélérer, pas avec le *Bougainville* en couple, intervint Géraud.

- J'avais raison, deux autres escadrilles en approche, du sud-ouest.

- Il ne plaisante pas, ce doit vraiment être important, dit l'Ingénieur en chef.

- Que les pièces anti-aquanefs soient prêtes, il ne faut pas leur laisser une chance, armez les obus explosifs ! Ordonna Quintus.

- Nous sommes trop lents, Quintus, nous sommes perdus, avoua Géraud.

- Lancez la chasse, Lieutenant, qu'ils essayent de les ralentir, Géraud essayez de nous faire accélérer.

Aussitôt, le pont devint une ruche, les mécaniciens œuvrant pour lancer les aquanefs avec juste trois catapultes et le hangar principal hors service en majorité. Trois appareils quittèrent le navire, suivies par trois autres dans les minutes qui viennent. Alors que l'équipage œuvre pour mettre en place le bouclier de feu protégeant le navire, une forte secousse traversa le navire tandis qu'il prend de la vitesse.

- Que se passe-t-il ? Demanda Quintus.

- Le *Bougainville* n'est plus arrimé, Lieutenant, indiqua Rodolphe au poste de pilotage.

- Quoi ! Capitaine Reed ? Appela le jeune officier en appuyant sur le bouton de communication.

Alors qu'il cherche à contacter le navire Atlante, un officier entra en trombe sur la passerelle, elle semble totalement affolée, elle cherche du regard son supérieur, le voyant enfin elle nage littéralement vers lui d'une impulsion de ses membres palmés.

- Lieutenant Far !

- Qu'y a-t-il Enseigne Ro ? S'exclama Quintus en la voyant si perturbée.

- J'était de garde à la passerelle, avec le *Bougainville*, le Capitaine, il a, après ils ont embarqués, je …

- Du calme, du calme, qu'a fait le Capitaine ?

- Il m'a demandé de le laisser embarquer sur le *Bougainville*, il m'a dit qu'une Enseigne de vaisseau n'a pas à juger ses ordres.

- Il s'éloigne, intervint Rodolphe.

- Ce n'est rien Enseigne, garde, emmenez Reine au mess je vous prie.

- Que se passe-t-il ? Demanda Géraud au jeune homme.

- Ils tirent sur les aquanefs ! Des obus explosifs, avertie Bertille, ils les ont détournés sur leurs positions.

Quintus s'élança sur la console du Capitaine et ouvrit une communication avec le croiseur.

- Capitaine Gam ! Capitaine Reed, que faites-vous ? Vous ne survivrez pas en cas d'attaque.

- Nous devons faire demi-tour, les aider, ajouta l'Ingénieur en chef.

- N'en faîte rien, Lieutenant, dit soudain une voix douce.

- Capitaine Reed !

A la porte de la passerelle se tient, sûr de lui, le Capitaine Atlante encadré par deux soldats spartiates, derrière, les matelots de garde les surveille d'un regard noir, l'homme garde les bras croisés sur sa poitrine afin de montrer qu'il ne représente pas une menace, dans son uniforme rouge sang aux quatre perles, il détonne dans le paysage bleu, un léger sourire reste sur son visage.

- Qu'est ce que c'est que cette mascarade ? Hurla Géraud en colère.

- Pourquoi n'êtes-vous pas sur votre vaisseau, Capitaine ? Demanda plus doucement, mais fermement le Capitaine suppléant du *Teste*.

- Puis-je entrer ? répliqua Matthew en gardant son sourire.

- Autorisation accordée, répondez-moi, dit Quintus avec exaspération.

- Votre Capitaine et moi-même avons négocié un arrangement, dans le but de sauvegarder mon chargement bien que ce ne soit pas ce que j'avais prévu.

- C'est-à-dire ?

- Je lui ai confié le *Bougainville* afin qu'il fasse diversion, certain de mes hommes sont restés à bord, volontairement, pour la bonne marche du navire.

- Ils sont au bord du naufrage ! C'est du suicide ! Coupa Géraud.

- Certes, mais c'est la volonté de votre officier, il m'a dit de vous dire qu'il souhaite racheter ses erreurs et payer sa dette.

- Non ! Dit Quintus sous le choc.

- Votre Capitaine m'a tout expliqué, ajouta doucement Matthew, je ne crois pas qu'il soit fou, mais prêt à tout pour se racheter, c'est très courageux, même pour nous.

- Que dois-je faire ? Demanda à l'Atlante le jeune homme au bord du désespoir.

- Continuer, sans le croiseur vous êtes plus rapide et Llod cherche surtout le *Bougainville*, il veut son chargement, à tout prix, appuya-t 'il.

- Pilote, en avant toute ! Rasez le sol, nous devons disparaitre, ordonna Quintus après avoir intensément réfléchi.

- Mais le Capitaine, le coupa Bertille avec émotion.

- C'est son choix, Lieutenant, et nous ne pourrons jamais le rattraper, je ne peux mettre cet équipage en plus grand danger.

- Nous avons toujours une escadrille qui nous arrive dessus, sûrement suivit d'une autre au minimum, le Lieutenant Far a raison, dit Géraud pragmatique.

- Je vois, repris la jeune femme au bout d'un moment après s'être brutalement assise sur son siège.

Sur les radars, six appareils apparurent sur tribord, tous porteur de torpilles lourdes, ils marchent à pleine vitesse sur la position du *Commandant Teste* qui court désespérément vers le salut que représente la ville d'Açora à plusieurs miles de là, dans les eaux les quelques aquanefs du navire reviennent après avoir essuyé les tirs de l'attaquant, malheureusement, ils sont les derniers remparts contre les Atlantes et ils n'ont pu que ralentir légèrement les assaillants.

Sous le pont principal, d'autres appareils sont en préparation, mais les conditions de travail sont complexes après les importants dégâts de la bataille, et c'est avec lenteur qu'ils peuvent mettre en œuvre les engins sur les trois catapultes restantes. Sur les ondes longues portées, ils suivirent les appareils du *Audacity* qui cherches le croiseur et son mystérieux chargement, au moins, ils ont divisés par deux les dangers, mais tous gardent dans leur esprit que l'état général du navire Atlante ne permettra pas aux marins de survivre longtemps en étant pourchassés de la sorte. Leur sacrifice doit être positif et permettre au porte-aquanef et son équipage de quitter la zone en sécurité.

- Aquanefs en approchent ! Je fais ouvrir le feu, déclara Bertille.

- Ce sont des Blackburns ! Intervint Géraud, ils sont bien plus rapides que les nôtres.

- Je confirme, dit lentement le Capitaine Reed resté sur la passerelle en observateur.

Tous autour d'eux, les artilleurs ont ouvert le feu, des centaines de bulles brulantes éclatent dans les eaux qui se transforme en scène de rage, parfois traversé par un appareil en perdition, un mélange de tir de mitrailleuses et de canons doté d'obus explosif qui frappe l'espace entourant le navire, un bruit puissant et gênant de tir les accables. Le bâtiment eu un sursaut quand une des torpilles le frappa sur bâbord, par chance en biais ce qui n'occasionna pas de gros dégâts, à la barre le Premier-Maitre Ski mets tout son cœur aux manœuvres d'évitements, des dizaines de tubes de mort les croisent, le navire tends dans tout les sens, bousculant ses habitants à chaque virage brutal. Hors les torpilles, les aquanefs Atlantes largues des roquettes qui sont plus difficiles à éviter de part leur taille réduite, bien des rapports arrivent sur les écrans pour des incendies électriques et des blocus de secteur entier, pourtant le *Commandant Teste* tient bon.

Les engins ennemis disparurent rapidement une fois à vide, le jeune Lieutenant en profita pour demander des rapports immédiat sur la situation à l'infirmerie, c'est une Alida pantelante qui lui répondit que la situation est tendue mais sous contrôle, les blessures techniques sont plus complexes, mais sans véritables importances, Géraud confirma que l'ensemble reste correct et que ses équipes sont à la charge, mais il ne faut pas qu'ils reviennent en force, le bâtiment n'y survivrait pas forcement. Bertille fit armer les derniers aquanefs du navire, ils partirent en vitesse afin de bloquer le passage de la seconde vague d'attaquant, les hydronefs restant à bord car inutile contre des engins plus rapides. Du coin de l'œil, le Capitaine suppléant remarqua une quatrième Atlante sur son pont mais n'y préta pas plus attention, ce n'est pas le moment car les canons reprirent leurs chants.

- Ils reviennent, aux postes de combat !

- Je détecte le porte-aquanef, il est à vingt kilomètres au nord, avec son escorte, indiqua Sylvestre dans le brouhaha.

- Ils approchent pour envoyer plus rapidement leurs appareils, pour une meilleure rotation, calcula l'officier artilleur.

Alors que la seconde et troisième vagues réunies approchent pour terminer le travail, ils virèrent soudain, partant vers le sud avec fureur, dans les eaux des sillages d'obus lourd traversent l'espace entre l'infini et le porte-aquanef Atlante qui fut raté de peu. Etant en travers, les artilleurs du *Teste* eurent plus de facilité pour les descendre, d'autant plus qu'une pluie de projectiles traversa la mer avec force et nombre,

devant leurs yeux ils virent enfin passer trois
escadrilles d'aquanefs armés en chasseur, l'une d'elles
se mit à tourner au-dessus du navire pour assurer sa
protection, rapidement accompagné par les survivants
du *Teste*, les secondes se mirent en chasse des
appareils Atlantes qui retournent vers leur transport,
tous sursautèrent quand une voix grésilla dans les
haut-parleurs.

- *Commandant Teste*? Ici le Capitaine Ali de
  l'*Ark Royal*, nous vous couvrons, le *Marseillaise*
  et le *Trento* engagent le *Courageous*, marchez
  au plus vite vers notre Escadre, le *Lansquenet*
  vous rejoint pour escorte.

- *Ark Royal* bien reçu, … merci, répondit
  Quintus avec soulagement.

S'installant épuisé dans le siège du Capitaine, Quintus
poussât un lourd soupir, il rouvrit les yeux sur un
Matthew Reed enchanté avec un sourire rayonnant.

- C'était incroyable! Le Capitaine Gam à bien
  raison à votre encontre, vous ferez un bon
  Capitaine de navire.

- Vous avez perdu votre chargement, Capitaine,
  dit Quintus avec faiblesse et dépit en regardant
  le destroyer approcher. Puis se reprenant, il
  donna ses ordres afin que le navire soit remis
  en état, que le personnel soit sauf et que les
  pilotes tombés soit recherchés.

- Nous partirons sans doute sur Poséis, j'imagine, repris Matthew, sans faire cas de son commentaire.

- Oui, je pense, notre mission est remplie, à ma grande surprise nous sommes sauf.

- Le Seigneur de la Mer va vouloir ces documents au plus vite, ajouta malicieusement l'officier Atlante.

- Comment ?

- Ce n'est pas un secret pour les initiés, les Renseignements savent ce que vous recherchiez, mais pas comment, ni quand, le reste est juste de la logique, la perte de ces informations va faire de grosses vagues à Atlantis, ce qui nous arrange.

- Nous ?

- Je ne peux en dire plus, ce n'est pas à moi de le faire, quand à mon chargement, il est ici et souhaite vous rencontrer, dit sérieux le jeune homme.

- Je vois, dit Quintus en se relevant.

Il suivit le Capitaine et se trouva devant une jeune femme magnifique, une longue chevelure rousse entourée de bracelets d'or croule jusque le bas de son dos, elle a de merveilleux yeux d'un vert émeraude brillant de vigueur et un fin visage blanc aux écailles dorée. La dame, qui doit avoir plus ou moins la vingtaine, porte un uniforme d'Amiral de la Flotte Atlante avec un delta couronné aux deux cols, le symbole de la royauté dans son pays, Quintus remarqua une deuxième ligne d'or à ses manches et une troisième perle sur son épaule, surement un insigne de supériorité envers les autres Amiraux.

Le détaillant avec autant d'attention, sous le regard surpris de Géraud et celui scrutateur de Bertille et enfin celui rieur de Matthew, la demoiselle leva le menton et s'avança avec grâce, elle jeta un œil rapide à la Quatrième Escadre Méréenne qui prend position avec les deux porte-aquanefs en leur centre, tendis que les radars indiquent que l'ennemi fuit. Il a battu en retraite dans les profondeurs atlantiques sous la protection de son escorte, les cuirassés Atlantes étant dans les parages, il a été décidé de gagner rapidement le Détroit et sa protection armé au plus vite.

- Lieutenant-Capitaine Far, je suis l'Amirale-en-chef Thècle d'Atlantis, je représente ici la Première Famille Royale, indiquât-elle avec frilosité mais noblesse.

- Que puis-je pour vous, Votre Altesse ? Demanda Quintus surpris.

- Je veux rencontrer au plus vite votre Seigneur de la Mer Gustave III.

- Pourquoi ? Qui êtes-vous pour exiger cela ?

- Eh bien, j'imagine qu'a cette heure, je suis Reine d'Atlantis, répondit Thècle avec dans la voix un mélange d'amertume et de tristesse.

Quintus Far : Second-Lieutenant de la Flotte du royaume Méréens, Intendance puis Lieutenant, Officier en second du *Commandant Teste*.

Théodore Oms : Demi-frère de Quintus, Lieutenant de la Flotte, chef aviation du porte-aquanef *Ark Royal*.

Gustave de Mérée : Dauphin du Royaume Méréen puis Seigneur de la Mer.

Marthe de Mérée : Princesse du Royaume Méréen puis Dauphine du royaume.

Rufus Diam : Lieutenant, Aide de camp du Dauphin.

Firmin Ving : Grand-Amiral de la Flotte du Royaume de Mérée.

Urbain Gam : Capitaine du *Commandant Teste*.

Bertille Ave : Lieutenant, officier artilleur *du Commandant Teste*.

Géraud Ilit : Lieutenant, Ingénieur en chef du *Commandant Teste*.

Rodrigue Oc : Lieutenant, officier navigation *du Commandant Teste*.

Sylvestre Dam : Second-Lieutenant, officier communication *du Commandant Teste*.

Giovanni Kom : Second-Lieutenant, officier d'Intendance *du Commandant Teste*.

Graham Llod : Amiral Atlante, chef des Renseignements Militaires.

Matthew Reed : Atlante, Capitaine du *Bougainville*.

Thècle d'Atlantis : Princesse héritière d'Atlantis de la Première Famille Royale, Amirale-en-chef de la Flotte Atlante.

Royaume de Mérée, mer méditerranée avec la colonie des Canaries et les mers rouge et noire, ouest de l'océan indien.

Drapeau Trident noir sur fond bleu azur.

Empire d'Atlantis, océan atlantique et mer caraïbe, occupation du royaume Austral du sud.

Drapeau Alpha grec sur fond rouge sang.

Royaume du Nord ou Baltique, mer du Nord, manche, mers du nord et mer baltique.

Drapeau Mjollnir noir sur fond blanc glacier.

Royaume Maori, mers océaniques, sud du Pacifique, est de l'océan indien.

Drapeau Kori noir sur fond jaune or.

Empire du Dragon, Océan pacifique, mer de chine, mer de Béring. D

Drapeau dragon or sur fond vert.

Grades universels des Marines aquatiques

Sous-officiers

Quartier-Maitre, un galon d'or aux manches.

Second-Maitre, deux galons d'or aux manches

Premier-Maitre, trois galons d'or aux manches.

Officiers subalternes

Enseigne de vaisseau, algues argentées aux manches.

Second-Lieutenant, algues d'or aux manches, une perle sur l'épaule droite.

Premier-Lieutenant, algues d'or aux manches, deux perles sur l'épaule droite.

Officiers supérieurs

Lieutenant, algues d'or aux manches, trois perles sur l'épaule droite. (Officier en second, encre d'or au col)

Capitaine de navire, algues d'or aux manches, quatre perles sur l'épaule droite, barre d'or au col.

Kommodore, algues d'or aux manches, quatre perles sur l'épaule droite, double nœud de carrick au col.

Officiers généraux

Vice-Amiral, algues d'or aux manches, une perle sur l'épaule droite sur un coussin d'algues d'or, col doré.

Amiral, algues d'or aux manches plus une ligne d'or, deux perles sur l'épaule droite sur un coussin d'algues d'or, col doré.

Ce livre a été écris en Occitanie

Dépôt légal : octobre 2023